小説

GAMERA REBIRTH

下

Kaiju Files

ギロン

GUIRON

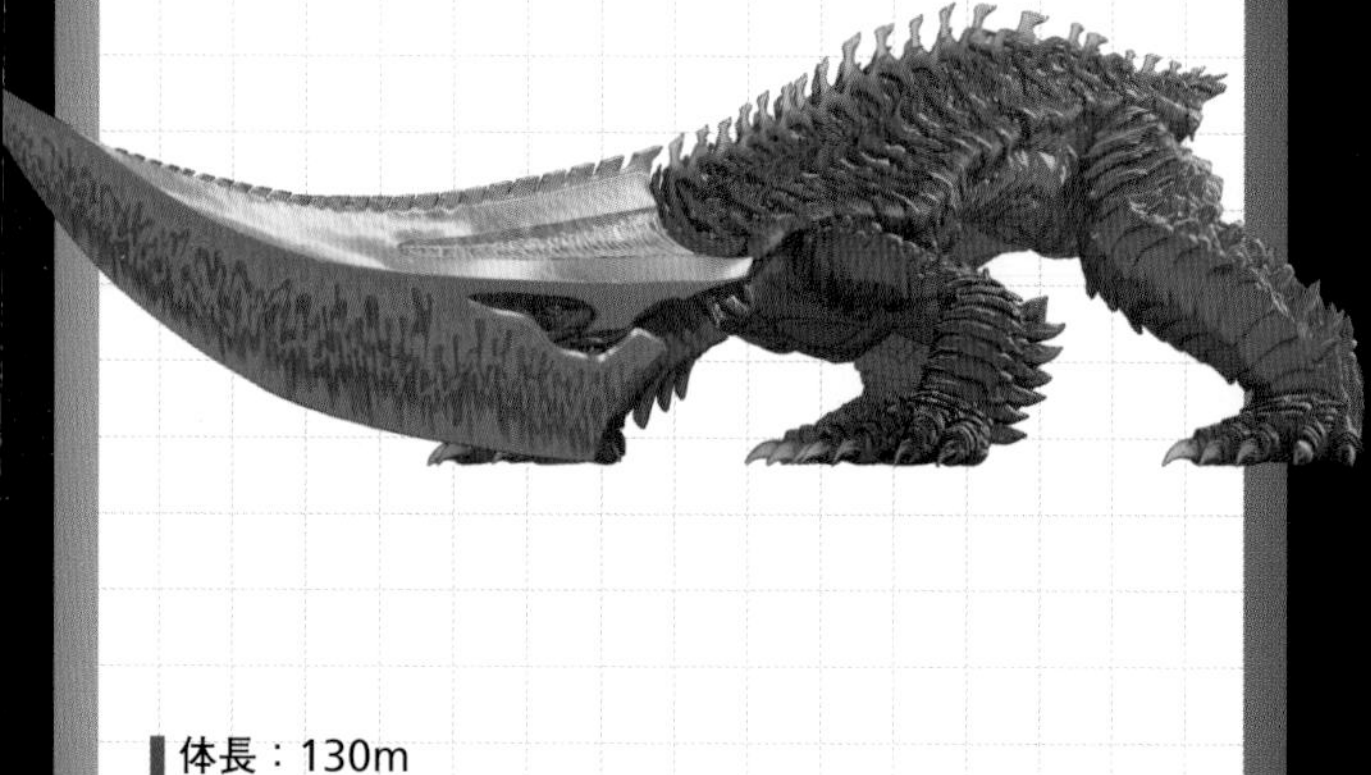

体長：130m
体重：600t

全身が鱗装甲で覆われた四足歩行型怪獣。全身がスプリングのような構造であり、柔軟かつ敏捷な運動が可能。あらゆる物を切断できる頭部の超振動ブレードで攻撃する。

バイラス

VIRAS

体高：110m
体重：1200t

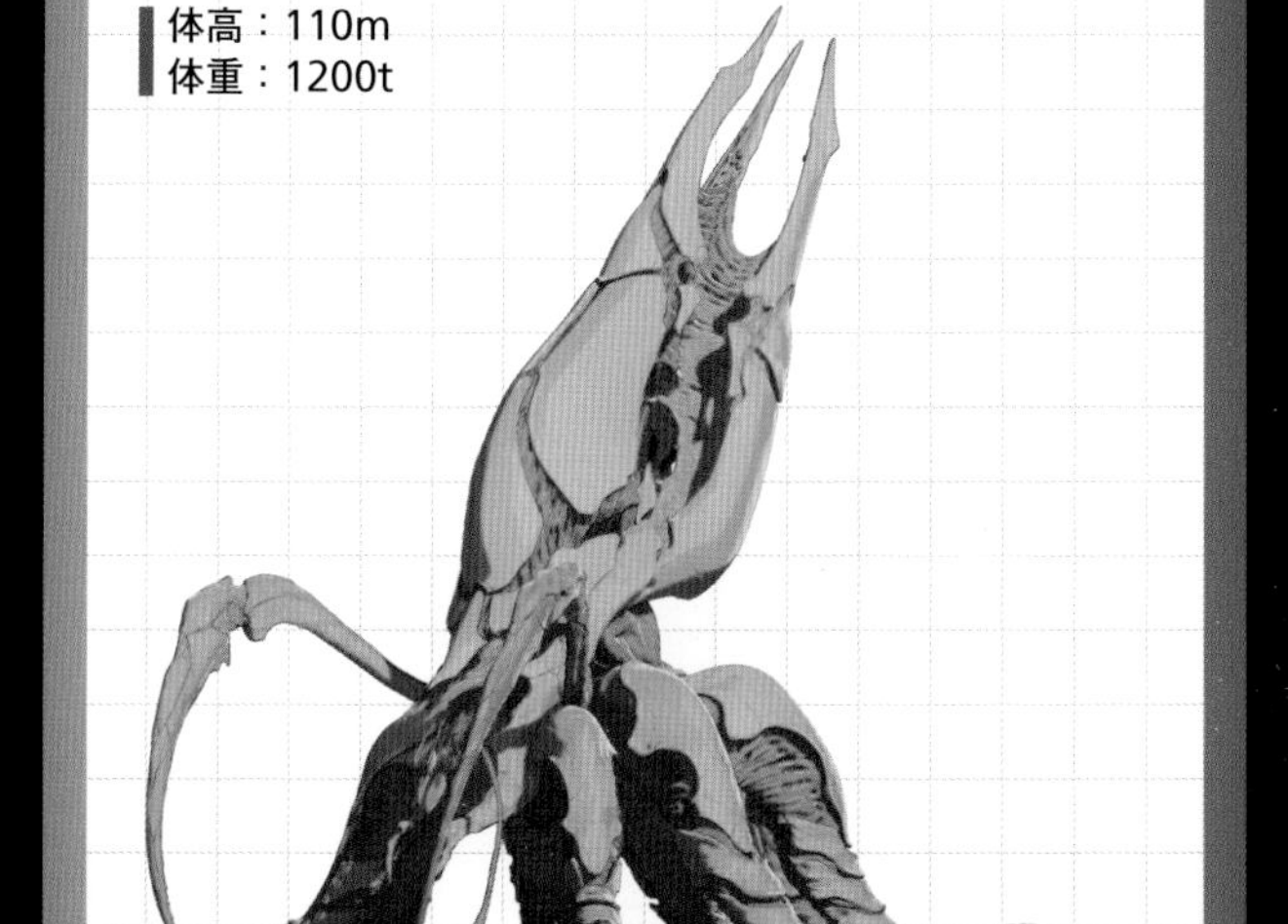

タコやイカのような軟体動物形態の怪獣。金色の姿で長い触手を持つ。頭頂部を展開し荷電重粒子ビームを発することができ、バリアはガメラの火焔弾にも耐える。

エスギャオス

S GYAOS

体長：340m
体重：3600t

幼生ギャオスに遺伝子変異を促すRNAガスを注入した特別変異体。奇形巨大化し飛ぶことはできないが、格段に威力が増大した超音波メスを発射することができる。

小説 GAMERA -Rebirth-（下）

瀬下寛之　じん

角川文庫
24162

目次

序章

生まれた理由を考えたことはなかったが、死について思い耽《ふけ》ることは間々あった。朝目覚め、飯を食い、忙《せわ》しなく日中を過ごし……そうしている間は良い。しかし寝ようと布団を被《かぶ》ると、時たま度し難い不安に襲われることがあった。

このまま「朝」が来なかったらどうする。このまま深い闇の底へと意識を溶かして、再び目を覚ます保証がどこにある。

もし目を覚まさなかったら、自分の意識は、心は、何処に行ってしまうのだ。そんなことを考える夜は、決まっていつも朝まで眠れなかった。

去年の暮れに死んだ祖父は「老衰」というもので逝《い》ったらしい。眠るように、苦しまずに死んだのだと、通夜の夜、蠟燭《ろうそく》の番をしていた叔母《おば》が言っていた。

「眠るように」「苦しまず」なんて、本当だろうか。棺桶《かんおけ》の中の冷たくなった祖父は、本当に大人たちが語るような、極楽浄土へと旅立ったのだろうか。

小さな壺《つぼ》に収まった祖父は、何も語らない。死んだあとに物を言う人間なんて、いようはずもない。であれば「死」という得体の知れない状態について、生きている人間が知ることなんて出来ないはずだ。

そう、きっと大人たちも「死」を知らないのだ。誰しもがそれを、死んで初めて知ることになるのだろう。今はただただ、それが「間も無くのこと」でないことを、祈るばかりだ。

「……行くか」

暫《しば》し瞑目《めいもく》していた少年は、言葉を吐くと徐《おもむろ》に立ち上がった。

見渡す周囲は漆黒に閉ざされ、呼吸の音だけが湿った岩壁に短く反響する。不安を撥《は》ね除《の》けるように数度頭を振ると、少年は出口を求めて歩き始めた。

四方を囲む暗闇に、砂利を踏みしめる音が吸い込まれていく。

まだ十一歳になったばかりの少年、佐々木宗篤《ささきむねあつ》が、その洞窟《どうくつ》に迷い込んでから、もう二日が経とうとしていた。

＊＊＊

「やるな」と言われたことをやるのが、流行だった。

ある日、大時化《おおしけ》の埠頭《ふとう》で釣りをしたやつが英雄扱いされたかと思えば、次の日には、畑に忍び込みサトウキビをたっぷりくすねてきたやつが時の人となった。

どいつも大目玉を食らったが、それすらも勲章になるのが『子供』の世界の慣習だ。やれ、度胸試しだ、肝試しだと、次の傾奇者《かぶきもの》となるべく蛮行を繰り返す者は、あとを絶たなかった。

しかし、子供だからといって誰もが誰も、そうだったというわけではない。

少年・佐々木は身体が小さく度胸のない子供だったが、人一倍悪事に敏感だった。

故に、同級生がやれ海だ、山林だと「肝試し」の計画を練っていても決して交ざろうとせず、教室の片隅で文庫本を開いては虫の居所を悪くしながら過ごす日々を送っていた。

一九六四年十月。

事の発端になったのは、朝礼の折に教師が告げた一言であった。

「昨晩から長浜《ながはま》が家に帰っていない。行方を知っている者は、報告するように」

長浜は同級生さっての無頼漢だ。先週も採石場に忍び込み、「月の石を持ってきた」と吹いて回っていた。そんなやつが、夜が明けても帰ってこない。なにがあったのか、関わりの薄い佐々木でもおおよその見当がついた。

一時限目が終わると、途端に教室中から声が湧き上がった。

「……きっとあそこだよな。大座洞《だいざどう》」

「あぁ、昨日言ってた。珍しい蛇が住んでるから、捕まえに行くって」

いつものように文庫本に目を落としながら、佐々木は右に左に飛び交う同級生の声に耳を傾けていた。どうやら、思っていた以上にクラスの連中は事情に通じているようだ。長浜が行ったらしい大座洞は地元の老人達がウフダウロとも呼ぶ大きな鍾乳洞《しょうにゅうどう》で、禁忌の森にある。禁忌と言っても、何が禁じられているのか知っている者は少ない。伝承の内容も老人それぞれに記憶が曖昧《あいまい》で、誰が正しいのかも確認のしようが無かった。入り口付近にあった魔除《まよ》けらしい巨大な石も、戦争中に台座から転がり落ちたままだ。

「……知ってるか？」

不意に、すぐ右脇から忍び声が届いた。

佐々木が文庫本から声の方に目線を移すと、右隣の席の干物屋の息子が、何を警戒しているのか口元に手で壁を作りながら佐々木に語りかけていた。

「大座洞って昔、空襲で崩落して、それから十数年も手付かずなんだ。なんでも、中は落とし穴だらけの迷路になってるって話だぜ」

それを聞き、呆《あき》れ顔で佐々木が返す。

「……そんな物知り顔で語ることじゃないだろ。こんな小さな島なんだ、そんな話、誰だって知ってる」

佐々木の住む島が隣国との物流拠点として栄えたのも、もう昔の話だ。当時はそれこそ、本土との往来船もひっきりなしで、市場には出稼ぎ労働者向けの屋台飲み屋が立ち並び、大層賑やかだったらしい。

しかし、そんな光景も今や見る影もなく。米軍の物流規制が厳しくなり景気が悪くなると、集団就職だなんだと島外に人は出ていき、陰気で寂れた島になってしまった。

佐々木のつれない態度に干物屋の息子は面白くなさそうにしながらも、気が収まらないのか、身を乗り出したままで話を続けた。

「知っているならわかるだろ？　あそこは大人でもお手上げなんだ。遊びで入って簡単に助けてもらえる場所じゃない。本当に行ったとしたなら今頃長浜のやつ、途方に暮れてるだろうぜ」

言葉の最後に性悪なニュアンスを含みながらそう言うと、干物屋の息子は窓の外を見遣《みや》った。

校舎に併設された校庭の奥はなだらかな傾斜地になっており、佐々木たちの教室からでも遠くの水平線が見渡せる。この時季の天気は気まぐれだ。ここ数日は日照り続きだったが、今日は波が高く、空も濁っていた。

「じいさんが今日はシケ休みだって言ってた。このまま大雨にでもなったら、いよいよ助からないだろうな」

干物屋の息子の相変わらずの調子に、佐々木はいよいよ苛立《いらだ》ちを露《あら》わにした。

「……お前たち、よく一緒につるんでたじゃないか。それなのによくそんな薄情なことを言えるな」

「つるんでた？　ふん、あいつが癇癪《かんしゃく》を起こすと面倒だから付き合ってやってただけだ。なんだよ、友達だったら助けに行けってか？　冗談じゃない！」

「そうは言ってない。ただ……」

そこまで言って、言葉の続きが出てこなかった。

確かに干物屋の息子が言うように、長浜は横柄で気分屋だ。それでいてすぐに手が出るから、嫌っているやつも多いだろう。

そんなやつが自分の勝手で「行くな」と言われた場所に行き、出て来られなくなった。もしこのまま帰ってこなかったとしたら、喜ぶやつすらいるかもしれない。事実干物屋の息子は「いい気味だ」とでも思っていそうな口ぶりだ。

つまるところは、自業自得だ。わかっている。

それでもなお、何か言葉にできないひっかかりが佐々木の喉《のど》につかえて、それがどうしても言葉にならなかった。

佐々木の言葉を待つのにしびれを切らしたのか、干物屋の息子はふん、と鼻息を吐くと、そのまま頰杖《ほおづえ》をついてそっぽを向いてしまった。

それを見て、佐々木も開いていた文庫本に意識を戻すが、どうも文章が頭に入ってこない。そうこうしていると次の授業が始まり、佐々木は読めなくなった本を閉じ、窓の外を眺めた。

窓を打つような風はないが、空気が重い。不吉な色の空が先ほどよりも一層、間近に迫っているように感じた。

＊　＊　＊

授業が終わり、帰り支度を済ませて学校の敷地を出るころには、時刻は十四時を回っていた。

朝礼以降、長浜の失踪《しっそう》に関して教師たちからの追及はなく、事態が解決しなかったことを除けば実に平凡な一日だったと言える。

佐々木の家は島の西側沿岸部にあり、校庭から続くなだらかな道を下り切って、一度右折すればあとは道なりだ。子供の足でのんびり歩いて三十分程度。それ以上の距離になれば自転車で通う児童もいるが、島内は未舗装の道も多く、家の立地によっては歩いた方が楽、なんて話も聞く。

極め付きは、校庭の出口から延々と続くこの傾斜路だ。校舎へ続くこの道ばかりは避けては通れないため、よほどの距離じゃない限り、徒歩通学を選ぶ児童がほとんどだった。

しばらく下っていくと、潮にやられて錆《さび》だらけになった板金屋の看板が見えてくる。

そのT字路を右に曲がり、延々と防潮堤の続く道を歩くと、向かって左側、立ち並んだ家々に遮られていた海原がその全貌《ぜんぼう》を現した。

不機嫌な空模様だが、それでも水面に反射する光は眩《まぶ》しさを感じさせる。しかし、依然として波は高く、停泊した漁船の周囲にも人の姿は見えない。


どうにも不自然だった。干物屋の息子はシケ休みだと言っていたが、このくらいの天気なら船が出ていてもおかしくない。不意に過《よ》ぎった予感に、佐々木は足を止めた。

以前、今日に似た日があった。確か、あの日も日中は穏やかだったのに夜半にかけて一気に雨脚が強くなり、日を跨《また》ぐころには猛烈な勢力になって一部で避難勧告が出されるほどの大嵐となった。

漁に出る大人たちは天気を読むのが仕事だ。恐らく、嵐を予感して船を出さず、島の人間たちに注意を促していたのだろう。ちょうど道を挟んだ反対側で、ほっかむりをした老婆が家の窓を木板で養生しているのが見えた。

嵐になると、ここいらの人間はそれぞれの家のことで手一杯になる。そうなると嵐が過ぎ去るまでの間、島民同士のやり取りは至極簡単なものに限られる。

そこまで考えて、佐々木はいよいよ心に抱えていたわだかまりに意識を向けた。失踪した長浜のことだ。

教師が朝礼で情報を募るくらいだ。失踪は島内でも周知の事実なのだろう。さらに同級生たちの口ぶりから察するに、長浜の居場所に心当たりのあるやつも多い。

もちろん、誰かが教師に報告し、既に救助されたという可能性もある。

しかし、だとすれば下校までの間、教師からなんの報告もないのは不可解だ。それこそ見つかったのであれば「見つかった」と。児童からの情報が入ったのであれば、信憑性《しんぴょうせい》を高めるためにも「他に知っているやつはいないのか」と、追及があって良いはずだ。だというのに、なんの音沙汰《おとさた》もないということは、恐らく。

「……誰も、言わなかったのか」

徐に口に出した事実は、言葉にすると一層冷酷な印象を伴って、佐々木の心を締め付けた。

確かに長浜は豪胆で好かれないやつではあったが、死んで良いやつとまでは思えない。

自ら進んで危険を冒して、それで死んだというのなら自業自得にも思えるが、事態を知っている誰しもに見捨てられるというのは、あんまりだ。

内心に巣くっていた蟠《わだかま》りの正体に、佐々木は薄々勘付いていた。恐らくそれは「正義感」と呼べるような感情ではない。今朝がた佐々木が「薄情」と評したクラスメイトと、何も違わないことを自分もやっている。そんな事実が、気に食わないだけだ。

帰路に向いたまま動かなかった佐々木の足が、踵《きびす》を返した。緩く背負っていたザックを背負い直し、一歩、また一歩と、地面を蹴《け》る。踏み込む足が速度を上げ、佐々木の体を家とは逆の方向に運んでいく。

まだ雨は降らない。大座洞まで、急げば三十分ほどだろう。

無事でいてくれと願ったわけではないが、佐々木の足は速度を落とさなかった。

＊＊＊

海岸線に沿って舗装された道を進むと、駐屯所を過ぎたあたりで道が二股《ふたまた》に分かれる。右はそのまま島の南西側に回り込む、市場に繋《つな》がる道。そしてもう一方は、林道へと続く未舗装路だ。駆け足でそこまで辿《たど》り着いた佐々木は迷うこと無く未舗装路の方を選び、林道を駆け上がっていく。

十月ともなれば茹《う》だるような暑さはないが、湿気《しけ》った土壌と熱帯由来の樹木は厄介だ。行く手を阻むそれらを躱《かわ》しながら、朽ちた石垣やら苔《こけ》むした壕《ごう》をいくつか通り過ぎると、ようやく目的の場所が見えてきた。

天然の岩石で出来た山肌に紛れて、一見では見落としてしまいそうなほど密《ひそ》やかに洞窟が口を開けている。傍に40㎝ほどの碑《いしぶみ》の一部が崩れずに残っているが、何が書かれているかは読み取れない。


佐々木は息を整えながら入り口まで近づき、洞窟を覗《のぞ》き込んだ。

木の端材やひしゃげた一斗缶などが転がっている。確かに人が入った形跡はあるが、どれもこれも風化しており、到底頻繁に出入りがあるようには見えない。新しい足跡でもあれば長浜の侵入を確認できたが、日照り続きで泥濘《ぬかる》みも少なく、そんな痕跡《こんせき》は見当たらなかった。

そしてやはり、周囲には捜索する大人の姿どころか、人っ子一人見当たらない。


佐々木の口から、細いため息《いき》が溢《こぼ》れる。不意に芽生えた感情に突き動かされ、勇んでここまで来てしまったが、いざ目の前にするとどうにも足が竦《すく》んでしまう。やはり誰か大人に声をかけるべきだったか。いいや、そもそも長浜がこんな場所に入っていったなんて話、どこにも信憑性がない。

佐々木が二の足を踏んでいると、頬に冷たい感触が奔《はし》った。ポツ、ポツと始まり、次第に勢いづくそれが、周囲の木々を静かに鳴らす。

佐々木の逡巡《しゅんじゅん》をあざ笑うかのように、ついに雨が降り始めた。

このまま踵を返し、遠回りの帰路だったと引き下がるか、もしくは眼前の洞窟に一歩踏み込むのか。

悩む間も無いとばかりに、濡《ぬ》れた体から熱が逃げていく。そうして明確な答えを出せぬまま、佐々木は逃げるように洞窟へと足を踏み入れた。

＊　＊　＊

洞窟内部の冷えた空気に、佐々木は湿った肌を粟立《あわだ》たせた。

地面から天井まで約２ｍの高さを持つ洞窟内部は、石灰岩由来の内壁が長年をかけて水に侵食された影響で「穴」というより巨大な岩盤で上下をサンドした、巨大な「隙間」のような構造をしている。

入り口こそ外部からの太陽光で見通しも利くが、数歩も歩けば手の届く範囲すら視認できなくなるほどの暗さだ。

佐々木は背負っていたザックを下ろすと、横面のポケットから小ぶりなオイルライターを取り出した。

以前友人から米軍の横流し品を譲ってもらったものだが、親にバレないようにいつも持ち歩いていたのが功を奏した。さらに反対側のポケットから、併せて譲り受けたドロップ缶を取り出す。端切れで漏れ止めしていた蓋《ふた》を開けると、中に飴玉《あめだま》は入っておらず、代わりに揮発したオイルの刺激臭が鼻を突いた。

実際に試したことはないが、このオイルを木に染み込ませれば、短時間だが光源として使えるらしい。やんちゃなクラスメイトたちの知恵に感謝などしたくはないが、米軍仕込みの悪知恵が、この時ばかりは心強かった。

適当な枯れ木を見繕いチャプチャプとオイルを垂らすと、ささくれた樹皮が飲むようにオイルを吸いこんでいく。そうして、近づけたライターのフリント・ホイールを回すと、チムニーから吹き上がった小さな火が、燃え移った枯れ木を即席の松明《たいまつ》へと様変わりさせた。

頼もしい火勢かと言われれば心許《こころもと》ないが、進めないほどの光量ではない。片手でザックを背負い直し、佐々木は恐る恐る、洞窟の先へと歩を進めていく。

「おい長浜！　いるか！」

少し待つも、呼び声に返事はない。張り上げた声が鍾乳洞化した周囲の岩壁に乱反射し、不可視の洞窟の姿を佐々木に想像させた。洞窟深部から吹く風が、松明の火を悪戯《いたずら》に揺らす。信頼できない体感でしかないが、恐らくかなり「深い」。

干物屋の息子が言っていたように、子供がこんな即席の装備で探索できるような場所でないことは、明白だ。恐らく、長浜も一人で最奥まで行こうなんてことは、考えなかっただろう。

だとすれば、敢《あ》えて深入りする必要はない。せいぜいこの即席松明が燃え尽きない程度に見て回り、それで見つからないようならここへは来ていなかったと考えるべきだ。

そんな目標を立て、周囲を警戒しながらジリジリと深部へ足を踏み入れていく。

幸い、聞いていた迷路のような構造ではなく、広さは変われど基本は一本道だ。目印を残しながら進む必要もない。

定期的に声をあげ、都度応答を待つ。しかし、やはり一向に返事はない。徐々に弱っていく即席松明の火を横目に、佐々木がそろそろ潮時かと撤退のタイミングを図っていたその時。

闇の奥から、か細い声が届いた。

「……誰か」

消え入りそうなその声に、佐々木が即座に反応する。

「長浜か！　どこにいる！」

佐々木の声が響き渡り、そうして静まるまでの間、応答はなかった。

心臓が早鐘を打つ。どこかで「まさかいるわけがない」と、高を括《くく》っていた。断じて聞き間違いではない。紛れもなく長浜の声だ。本当に、ここにいたのだ。

慌てて声の方へ駆け出そうとする佐々木だったが、踏み込んだ途端、急激に弱まる松明の火に、堪《たま》らず足を止めた。ここで光源を失ってしまっては、一本道とはいえ入り口まで戻るのは困難だ。しかし、ここで引き返し、助けを連れてくるのにどれだけの時間がかかる。

長浜は、昨日から帰らずにここにいる。つまり、この「迷うはずのない一本道の洞窟」から帰れなくなった理由があるということだ。

万が一大怪我でもしていようものなら、時間を無駄にするようなことはできない。

「……今助けに行く！　返事をしろ！」

言葉より先に、足が動いていた。背負ったままザックのポケットに手を突っ込み、ドロップ缶を取り出す。もう少々だけオイルも残っているはずだ。早々に長浜を見つけ、せめて入り口まで連れて行ければ……。

「……違う」

耳に届いた長浜の言葉。佐々木が脈絡のないその言葉の意味を考えようとした、次の瞬間。

「来ちゃ……ダメだ！」

続けざまに響いた声と同時に、突如、佐々木の体は宙を舞った。

動転する意識が、手を離れた松明の火を追いかける。火が自分から離れていく。いや、自分自身が落下している。

崩落。

帰れない理由は怪我ばかりではなかった。洞窟内の地面が崩落したことで、長浜は戻れなくなったのだ。

スローモーションになる意識が直面した異常事態を理解した直後、激しい水音と共に佐々木の意識は途絶えた。

＊　＊　＊

あれから、どれくらいの時間が過ぎたのか、佐々木には知る術《すべ》がなかった。

恐らく、崩落した地面ごと地底湖にでも投げ出されたのだろう。同時に叩《たた》きつけられた岩塊に潰《つぶ》されなかったことも、辛くも陸地に泳ぎ着けたのも、相当な幸運だったに違いない。

ただ、それを差し引いたとしても状況は疑いようもなく「最悪」であった。

周囲を取り囲む暗闇には、一片の光も見当たらない。絶え間なく押し寄せる恐怖に潰されそうになりながら、何度も泣き喚《わめ》き、泣き疲れて、気を失うように眠った。そうして目を覚まし、また歩き、また恐怖に襲われて泣き喚く。

そんなことを何度か繰り返して、佐々木は今、再び暗闇の中を当て所《ど》もなく歩いている。

自分が生きているのか死んでいるのか、定かではないが、泣き声をあげれば反響が返ってくる。当然のことだが、それが今、佐々木の実感できる唯一の現実だった。

もっとも、誰しもと同じように佐々木は「死」という状態について、何も知らない。

仮に「死」が「耳だけが聞こえる状態になる」ことなのだとしたら、泣き声の反響は「生きている状態」を肯定しない。しかし、そんなことの証明も、今の佐々木にはできようはずもない。

そんな禅問答じみたことを、佐々木はもうしばらくの間、頭の中で繰り返している。躓《つまず》かないよう、擦るようにして進める足が石を蹴飛ばし、壁面に衝突しないよう突き出した腕が、絶えず空中を撫《な》で続けた。

進んでいるのか、戻っているのか。天然の洞窟に、お誂《あつら》えに準備された出口なんてものは存在しない。それでも彷徨《さまよ》うようにして、どこかへ向かっていないと、とてもじゃないが耐えられなかった。

すると、ピシャッ、と。

踏み込んだ足の先端に、水を蹴る感触が奔った。この闇の中で溺《おぼ》れる予感に体が強《こわ》張《ば》る。しゃがみ込んで恐る恐る辺りを手探りすると、水深の浅い水溜りがゆっくりと流れている感触があった。地底にも小川が流れているのか、と不思議に思うのもつかの間、不意に気が付いた強烈な渇きに、佐々木は喉を鳴らした。

水の流れに口をつける。不快さはあっても飲めない程ではなかった。一心不乱に啜《すす》り、ひとしきり喉を潤した後、今度は胃が空腹を思い出した。

佐々木は背負ったままだったザックを下ろすと、徐に手を突っ込んだ。着水の衝撃で落としてしまったのか、筆入れや教科書などは失《な》くなっている。

しかし、どうやら目当てのものは無事だったらしい。指先に小さな箱の感触を確認すると、佐々木の口から安堵《あんど》の息が漏れた。

慎重にザックから箱を取り出し、手のひらに中身をあけると、紙に包まれた三粒のキャラメルが佐々木の手に収まった。

丁寧に包みを外し、まとめて口の中にいれる。

「……甘い」

佐々木の口が、久々に言葉を発する。味とは、甘みとは、これほどまでに雄弁であったか。光も、音もない闇の中、口の中に広がった紛れもない生の実感に、堪らず佐々木は全身を震わせた。

不意に、長浜のことが頭に浮かぶ。崩落に巻き込まれて立ち往生していたのだろう。あいつも、飢えと渇きに喘《あえ》いでいたのではないか。

聞こえた声との距離を推察するに、落ちた深さは佐々木ほどではなかったはずだが、それでも暗闇の中、孤独に過ごすのはさぞ辛《つら》かったはずだ。

いや「辛かった」とは言えない。クラスの誰かが長浜のことを大人に報告し、荒れた天候の中捜索隊が洞窟に乗り込んで来でもしない限り、今も長浜はこの洞窟の何処かにいるということになる。

佐々木にとって長浜は、自分が窮地になってみれば今の今まで忘れてしまうような、その程度の存在のはずだ。しかし、どうしてか長浜の現状を思った佐々木の胸中には、憂いのような感情が湧き上がった。

次第にその感情は、死への恐怖でばかり涙を流していた佐々木の涙腺《るいせん》を刺激し、再び涙を流させた。

「無念」だ。助けられなかった。

もっと十分な準備をしていれば。あの朝礼の時に声を上げていれば。それよりも以前にクラスに蔓延《はびこ》っていた風潮を糾弾していれば。

自分自身に誰かを守れるような力があれば、少なくとも一つの命を、暗闇に置き去りにするようなことはせずに済んだはずだ。

自身の無力を呪う佐々木の涙が闇の中に音もなく落ち、泣き声が静かに反響する。

誰からの応答もない。……しかし。

「……ッ？」

闇の中、唯一機能する佐々木の聴覚が、僅《わず》かな異変を察知した。

ある一方からだけ、反響が返ってこない。思わず振り向いた佐々木の口は喚くのを止め、代わりに一つの言葉をこぼした。

「……光だ」

言葉と同時に、佐々木は駆け出した。泥濘みを跳ねる音も、つまずく恐怖も、感じない。

眼前に揺れる、僅かな光。それが現実か、幻覚か、そんなことすら考えもしなかった。

徐々に、しかし一歩踏み込むごとに確かに大きくなるその光源に向かって、一心不乱に進んでいく。

そうして、辿り着いた光の発生源を前に、佐々木は目を丸くした。

「……なんだ、あれ」

そこは、直径数百メートル超の巨大な半円状の空洞だった。

遥《はる》か上方には、三日月が幾つも浮かんでいる。天井部の岩肌に刺さった透明度の高い巨大な結晶群が、折り重なり、地表の亀裂《きれつ》から覗く月の姿を複数に屈折させているのだ。

クレーターのように窪《くぼ》んだ中心部には巨大な湖があり、月の光を蓄えたかのように青緑色に煌《きら》めいている。

誰もが息を呑《の》むような、幻想的な光景。

しかし、それを差し置いて佐々木の目を奪ったのは、湖の手前に横たわる巨大な結晶の石板であった。

透明な材質に、天井から注ぐ月明かりが集光しているのか、それ自身が発光しているようにも見える。佐々木が吸い寄せられるように近づくと、石板の内部に封じられた青白色の細い金属のような物質が、視線の角度変化に合わせて不可思議な造形の「生物」の姿を浮かび上がらせた。

ある一体は巨大な翼と牙《きば》を持ち、また一体は長大な尾を振りかざしている。

幾本もの足を持つものや、刃物を象《かたど》ったような禍々《まがまが》しい姿をしたものなど、既知の生物とはかけ離れた「二十四体の異形」。

そうして、それらと相対するようにして立つ一体の姿に、佐々木の目は釘付《くぎづ》けになった。短く太い四肢、それらを支える楕円形《だえんけい》の胴体。

そして、そこから伸びる頭部。

その姿は、まるで。

「……亀？」

刹那《せつな》、佐々木の頭の奥深くに、甲高い音が響いた。黒板を爪で引っ掻《か》いたような。鉄棒が軋《きし》むような。金属質な鋭い音が、鼓膜を介さず、佐々木の頭に反響する。光を放っていた湖面が激しく波打ち、高く飛沫をあげた。うねる水面で青緑の光がたわみ、空洞の内壁にオーロラのような模様が映し出される。

湖面を割って出現する、連なる岩盤の如き背甲。分厚い鱗《うろこ》に覆われた青漆の巨腕。そして、淡い光を放つ獰猛《どうもう》な両眼が、確かに佐々木の視線と交差する。

絶望の暗闇の中、心を支配していた恐怖はすでに消えさり、佐々木の心臓はこの邂《かい》逅《こう》を待ちわびていたとばかりに、激しく高鳴った。

「……ガ……メラ」

誰に聞くでもなく、知らない名前を口にした。覚えているのは、ここまでだ。閉じていく意識の中、瞼《まぶた》の裏に、青緑の残光だけが焼きついていた。

＊＊＊

業火に包まれた新宿《しんじゅく》が、遠く、夜空を焼き焦がしていた。

陸上自衛隊練馬駐屯地では、先の米軍戦闘機の交戦を遠目に、ずらりと並んだ戦車が各車両、出撃待機をしている。


「失礼します、佐々木大隊長」

隊形中心に構えた戦車のハッチを開けると、女性隊員・江夏《えなつ》が恭しく声をかけた。

「大隊長」と呼ばれた男、佐々木宗篤二等陸佐は、手にしたキャラメルの包み紙をいじりながら、静かに口を開く。

「状況は動いたか？」

「新宿を蹂躙《じゅうりん》した飛行生物はすべて立川《たちかわ》方面に移動。つい先ほど新たに出現した巨大生物と交戦中とのことです」

江夏の滑らかな返答に、佐々木は眉《まゆ》ひとつ動かさぬまま、手元に視線を落とした。

弄《いじ》っていた包み紙が、折り紙の要領で正方形からひし形へ、形を変えていく。

「米軍はどうなった？」

続けて佐々木が問うと、江夏は手にしたメモを読み上げ始めた。

「横須賀《よこすか》の空母一隻と駆逐艦三隻大破。空軍の迎撃隊は第一波、第二波、共に全滅。現在太平洋《たいへいよう》艦隊と沖縄からの航空増援が出撃した模様です」

「大変な犠牲だな」

凄惨《せいさん》たる報告に短く息を吐くと、いよいよ佐々木は江夏の目を見据え、鋭く訊《たず》ねる。

「……我々への出動命令は？」

刹那、江夏の目が泳いだ。しかし、ピンと吊《つ》り上げた眉の角度を落とさぬまま、毅《き》然《ぜん》と応《こた》える。

「……まだ閣議中とのことです」

「……そうか」

依然として続く「待機命令」。米軍の面子《メンツ》を……いや、自身らの領分を弁《わきま》えれば、当然の判断だ。「国民の命を守る」という大義名分は、大局を前に優先されるばかりではない。

楕円形に開いたペリスコープの向こう、焼け野原と化していく自国の領土を前に、佐々木は目を細める。佐々木の心中を察してか、口を噤《つぐ》んだままの江夏もまた、表情を硬くして立ち尽くした。

弄っていた包み紙の端を爪先《つまさき》でピンと立て、佐々木は折りあげた「鳥」をコンソールに置く。

翼を広げたその姿が、江夏の脳裏で、まさに先刻まで新宿を蹂躙していた怪鳥の姿と重なった。

第四章　斬る

陽も昇りきった、対馬《つしま》は、浅茅湾《あそう》。

沈降によって形成された複雑な溺《おぼ》れ谷地形ゆえに「浅海湾《あそう》」とも記されるそこに、場違いに巨大な米海軍所属のドック型揚陸艦が停泊している。

ユースタス財団上層部より命を受け、速やかに上陸した財団調査班は、目的である超大型生物の死体回収作業を進めていた。

入江の大部分をその巨体で埋める銀翼の巨獣は、壮絶な形相を浮かべたまま今やピクリとも動かず、開いた腹腔《ふくこう》のあたりでは防護服を着込んだ調査員が右往左往している。

財団科学部が「ジグラ」と命名したこの生物は体長130m、尾を含む全長は210mを誇り、言わずもがな既知の生物の規格を外れた「怪物」である。

作業にあたる調査員はもちろん、警備を務める米兵その他を含め、現場に立ち入った全員がその異形を前に想像する。これが生きて暴れていたなど、悪い夢も良いところだ。

広げた翼膜の大きさたるや人類の有する航空機の類《たぐい》に比肩するものなどなく、外皮にあたる部分のほとんどが分厚い合金レベルの硬度を持ち合わせている。

極め付けは、尋常ならざる長さを誇る「尾」だ。最大直径7mにもなる極太の筋肉の塊が、数百m離れた海岸を越え、海の奥底へと延々伸びている。それを柔軟に伸長させ、先端まで操り、遠方の獲物を刺突したのだと言っても信じる者がどれだけいようか。

財団の受けた報告によると、所属のエージェントらは潜水艇に乗り込み、この巨獣から逃げ果《おお》せたのだという。

作業地点の傍ら、座礁した特殊潜水艇ネフェルテム号が昨晩の激闘を物語るかのように、ひしゃげた船体を半分瓦礫《がれき》に埋もれさせ沈黙している。それを横目に、誰しもが「その役だけは御免被る」とばかりに手を急がせていた。

横たわるジグラの咽頭部《いんとうぶ》のあたりでは、腹腔内から歩き出てきた一人の調査員が、口早に本部への無線連絡を行っていた。

「輝度レベル、D6レベル以下を確認。急速に降下しています」

隊員の手には淡く輝く青色の結晶が握られている。しかし、その光は隊員が話している合間にも急激に弱まり、数秒もしないうちに完全に失われてしまった。

「……オリリウム、発光反応消失。このまま回収を進める」

そう言うと、隊員は「オリリウム」と呼んだ拳大《こぶしだい》の結晶を、保管ケースに移そうと片手に持ち替えた。ちょうど、その時だった。

下方からの突き上げるような短い衝撃に、瞬時に隊員の意識が硬直した。手にしたオリリウムがグローブをすり抜け、地面に落ちると同時に破砕する。

その場にいた全員が動きを止め、テレパスで通じ合ったかのように瞬時に視線を交わし合った。勘違いではない。間違いなく「揺れた」。

誰しもが思いつくのは、地震である。屋外に立っている最中、感じる揺れなど、地震以外にそうは無い。大抵の場合が地震である。いや、地震であってほしいと、その場にいた誰もが願った。

徐《おもむろ》に隊員の一人が、事切れたジグラの巨大な頭部を眺める。間違いなく息絶えている。万が一にも、動き出すはずなどない。明白だ。

そう自らに言い聞かせるようにゆっくりと息を吸い、息を吐き、そうして海岸の方へと視線を移した隊員は、目に映ったあまりに異常な光景に、絶句した。

湾内に停泊していた輸送艦が、船体のど真ん中から前後に、真っ二つに「切り裂かれ」ていた。割れていた、なんていう表現では足りない。正しく「両断」されているのだ。

起こり得るはずがない事象を前に、理解が追いつかないまま立ち尽くす隊員の周囲で、誰もが絶叫し上空を見上げていた。

見ると、晴れ渡る蒼穹《そうきゅう》を切り裂いて、一振りの『刃《やいば》』が煌《きら》めいている。

その美しい刃文に、隊員は思わず息を飲んだ。切っ先が迫る。およそ知り得る「刀」の何万倍もの刃渡りと質量が、無慈悲な速度で隊員の眼前に迫り、そして。

弦楽器を思わせる澄んだ風切り音と共に、隊員だった彼の視界を、左右真っ二つに切り裂いた。

＊　＊　＊

一閃《いっせん》。

刀身から伝わるえも言われぬ快感が脳天を駆け抜け、たちまち大地を踏む四脚を震わせた。

「これ」をやるために生まれてきたのだと、本能が歓喜の悲鳴を上げる。呼応するように、沸騰せんばかりの体液が全身を駆け巡ると、その超重量の『刃の化身』は土砂を撥《は》ね上げ、再び宙を舞った。

眼下百八十度反転する地上には、数十四の人間と、数台の軍事車両。小さいものを狙ってもしょうがない。大きい「獲物」にピントを合わせる。

反り返った100ｍを超える巨体を空中で更にぐるりと捻《ひね》り、生じた反発の力を背から頭部へ、そして頭部から生え出た極大の「刀身」へと解放していく。

まるで、バネで出来た玩具《がんぐ》の如く。無作法で一見制御不能にすら思える乱暴な反発力が、ただ一つの事象のために。「斬る」という、その唯一の目的のために、その切っ先へ収束していく。

音速を超え、人知を超え、振り下ろされた刃は物質の抵抗など度外視の「斬撃《ざんげき》」となって、一台の装甲車両をスッパリと両断した。

着撃した刀身から生じた衝撃波は大地を撥ね上げ、吹き飛ばされた人間たちが断末魔の悲鳴を炸裂《さくれつ》させる。

人々の恐怖の喚声を浴びながら、訪れた快感を解放させるかの如く、大悪獣「ギロン」は咆哮《ほうこう》した。

巨大な両生類を思わせる深縹《こきはなだ》の体軀《たいく》に、凶器で編まれた鎖帷子《くさりかたびら》のような鱗《りん》装甲。

伸縮自在の柔軟な身体の先端、頭部からは、全長の半分にもなるダマスカス鋼を思わせる刃文の「刃」が突き出ている。

まさに、斬る為だけに生まれてきたかのような、凶悪なその姿。遥《はる》か遠方から地中を掘り進め、ようやっと日の下へ出てきたギロンは、その力を大いにふるい、大いに歓喜し、そうして『幻滅』した。

違う。この場所を目指したのは、この場所に「ふさわしい存在」がいると知っていたからだ。だというのに、足元に転がるこの死体はなんだ。

ジグラの亡骸《なきがら》に真向かうと、ギロンはフラストレーションを発散させるかの如く、刀身を叩きつけた。無残にも両断されたジグラの頭部から、紫色の体液が飛散し、あたりの大地を毒々しい色に染め上げる。

そうだ。こいつじゃない。斬るべき存在が……美味《うま》そうな獲物の気配が、どこからか、漂ってくる。

遥か遠く、水平線の彼方《かなた》へ向かって、再びギロンは咆哮した。

……なんにせよ、先《ま》ずは腹ごしらえだ。幸い、前菜なら足元にたらふく転がっている。今は蓄え、刃を研ぐのだ。

そう。全てはただ「斬る」という、至上の大願のために。

＊＊＊

雲ひとつない快晴の下、紺碧《こんぺき》の洋上を一隻の船が悠々と進んでいた。

白い漣《さざなみ》をたなびかせ、東《ひがし》シナ海を一路、与那国《よなぐに》へ向け航行するその船の名は、調査船メルセゲル号。長崎沖でジグラに撃沈されたセルケト号の同型艦だ。

そのバイカラーの船体中腹に構えられた研究棟内には、外界の陽気とは対照的な、淀《よど》んだ空気が充満していた。

「回収できたサンプルはこれだけか……」

足元に並べられた「生体サンプルケース」を数えていたジェームズ・タザキは、ウェーブのかかった前髪をかき上げながら、深くため息を吐いた。その表情は暗く、いつも顔に貼り付けている胡散臭《うさんくさ》い爽《さわ》やかさは、微塵《みじん》も見当たらない。

「でも、すぐに船を調達できて良かった」

タザキの傍から、ユースタス財団科学部門に所属する研究員、エミコ・メルキオリが、慰めるように声をかけた。昨晩のジグラ強襲からこれだけのサンプルを守り抜き、一夜足らずで船まで手配できたのだから、首尾としては上々だ。

しかし、タザキは言葉も返さず、足元に並んだサンプルケースを睨《にら》み続けている。ケースは破損こそしていないものの、緊急に運び出されたこともあり、擦り傷や凹《へこ》みが目立つ。

更には強襲によって、生体サンプルのいくつかは修復不可能なレベルで破損してしまった。数点でも残ればサンプル輸送の任務遂行に支障はないが、財団上層部からの評価には多少なりとも影響があるだろう。

予想外の事態……いや、十分に「予想できた事態」か。ただのお使いと高を括《くく》るべきではなかった。


東京上空を業火で染めた怪鳥『ギャオス』。

地中から現れ、米軍戦力の悉《ことごと》くをなぎ払った魔獣『ジャイガー』。

無類の科学力を誇る財団調査船を、事も無げに轟沈《ごうちん》せしめた深海獣『ジグラ』。

人知を超えた能力を有する『怪獣』の出現。それが直近で三度ともなれば、それは『非常識』ではなく、更新された『常識』であると即座に認識を改めるべきであった。

この世界の常識はすでに『怪獣』という名の脅威に捻《ね》じ曲げられてしまっていたのだ。

「疲れてるわね、大丈夫？」

エミコの声にタザキはハッと我を取り戻すと、取り繕いもせず乱暴な口調で応じた。

「対馬では死を覚悟した。疲れないわけがないな。だいたい、こんなことばかりが続いてる。偶然にしては……」

と、言いかけたタザキの口が、開いたままピタリと止まった。

見間違いだろうか。眺めていたケースの内部に違和感を覚えたタザキはしゃがみ込むと、その奇妙な現象に、眉《まゆ》を顰《ひそ》めた。

「おい、この死骸《しがい》……」

真空状態に保たれたサンプルケースの中には、先の出現の折に回収された『ギャオス』の死骸片が格納されている。しかし、昨日まで黒く変色していたその一部が、本来の毒々しい赤みを取り戻し、まるで生きているかのように代謝を始めていた。

「……再生しているのか？」

タザキの疑問に、おずおずとしていたエミコの表情が、瞬時に「科学者」のそれに切り替わる。エミコは背後の防護扉を振り返ると、四角窓を覗《のぞ》き込みながら答えた。

「……オリリウムからの何らかの放射線が、怪獣の生体組織を活性化させている可能性がある」

防護壁の向こう、厳重に格納されたオリリウムが放つ青白い光が、妖《あや》しく揺れる。

寝耳に水の話に、タザキは訝《いぶか》しげな表情を浮かべた。

「……上の連中には報告したのか？」

「詳しい調査は与那国に到着した後ね。報告はそれからでないと」

至極もっともな、しかして冷淡とも取れるエミコの回答に、タザキは釈然としない様子で詰め寄る。

「これは……予測された現象なのか？」

「いいえ、全く未知の現象」

そう告げるエミコの表情は穏やかで、しかし、どこか剣呑《けんのん》な雰囲気を孕《はら》んでいた。

それは好奇心故の危うさか、はたまた全く別種の「なにか」か。どうあれ、取り付く島もないその態度にタザキは短く息を吐くと、張り詰めた神経を解《ほぐ》すように襟首のタイを緩めた。そのまま踵《きびす》を返し、出入り口の鉄扉に手をかける。

扉を開けると、潮風の吹き抜ける外界は朗らかな陽気に満たされていた。タザキが外廊下を歩き出すと、エミコもそれに続く。少々進んだところで、タザキは暴れる前髪を押さえながらエミコに問いかけた。

「……スーツの時はなぜネクタイか、考えたことはあるか？」

思いがけない質問に、エミコが目を丸くして言葉を詰まらせる。

「何も考えずに着けていたネクタイが、実はスーツメーカーの作った意味のない常識だったとしたら。……単純な疑問が、ある時を境に、ふと疑念に変わることがある。……そういうことだよ」

タザキがそう続けると、その皮肉の意味を理解したエミコは、困ったように苦笑いを浮かべた。財団の計画。それぞれの立場。それらを前提にした二人の関係は、言葉で確認するまでもなく複雑だ。お互い、腹の中に思惑がある。

暫《しば》し間を空けた後、タザキは場の空気を茶化すように声のトーンを上げて、切り出した。

「ああ、ひとつ忘れていた。潜水艦では悪かったな」

「え……？」

「……柄にもなく取り乱した」

取り乱した、と言えば上品に聞こえるが、昨夜のタザキの狼狽《ろうばい》は「豹変《ひょうへん》」と言って差し支えなかった。

その様を思い出したのか、エミコはつい、小さく噴き出した。

「そんな……結局はタザキさんのおかげで解決したもの。感謝してる」

「仕事が一段落したら酒でも……ああ、まだ未成年だったな。食事でも奢《おご》らせてくれ。君さえ良ければだが」

そう、調子付くタザキの表情には、いつもの胡散臭い爽やかさが戻っていた。それがタザキなりの「距離感」の提案だと知ってか知らずか、エミコも柔らかな笑みを作って応じる。

「ええ、是非。うれしいわ」

＊＊＊

「……おい」

欄干に凭《もた》れていたミリタリーベストの少女は、突然の呼びかけに、柄にもなく驚いた。

研究棟上部、ちょうどタザキとエミコが会話をしていた場所から真上に位置する艦橋デッキ。そこから下方のやり取りを眺めていたジュンイチは、酷《ひど》く不機嫌そうに声を返す。

「……なんですか？」

予想外の不機嫌な態度に、呼び声の主・ブロディは目を泳がせると、その図体《ずうたい》に似合わないおどおどとした態度で答えた。

「い、いや、あんま覗き込むと、メガネ落としちまいそうだったからよ」

ブロディの言葉に、ジュンイチは一層訝しげに眉を顰めた。出会った当初から傍若無人で、あまつさえ自分たちから金まで捲《ま》き上げていた様なやつが、メガネの心配をするとは不可解だ。思えば昨晩のジグラの強襲以降、どうもブロディの態度はおかしい。大した理由もないのに話しかけてきたり、些細《ささい》なことを気遣う様な素ぶりを見せたり……。実に、不気味だ。

「お気遣いなく。強化プラスチックなので」

ジュンイチが警戒心を露《あら》わにしたまま端的に返すと、ブロディはそれ以上なにも言わず、顔を赤らめて俯《うつむ》いてしまった。まったく、実に理解不能だ。

＊＊＊

「おぇえええっ！」

同時刻、船首楼《ひとしき》デッキ付近では、海へ向かって胃の内容物を吐き散らかすジョーの姿があった。一頻り出し終え、デッキに座り込むと、ジョーは白いTシャツの襟元を指でグイと開けながら空を仰ぐ。

「くそっ、まだ着かねぇのかよ……。どれだけゲロ吐かせるつもりだ……」

その歳にしては引き締まった浅黒い肌に脂汗を浮かべながらジョーが喘《あえ》いでいると、傍らに足音が近づく。気がついたジョーが目だけでその方を見ると、あどけなさの残る顔をした茶髪気味の少年と目が合った。

「いい加減に慣れろよ……だらしねぇな。ほら、酔い止め。エミコさんに貰《もら》ってきた」

そう言って手にした薬の容器を振ると、少年・ボコは呆《あき》れ顔でそれを差し出した。

ジョーはバツが悪そうにしながら奪うように薬を受け取ると、乱暴に容器を開ける。

「……お前は平気なのかよ」

「これぐらいなんともないって」

ボコの素っ気ない返答を面白くなさそうに聞きながら、ジョーは手のひらにあけた錠剤を口に放り込んだ。フィルムコートされた錠剤の質感が喉《のど》にひっかかる。

再び込み上げる吐き気を抑え込むように、大げさに嚥下《えんげ》するジョーを、ボコはバカにするでもなく見下ろしていた。

ボコの脳裏に、この夏休みに起きた出来事が反芻《はんすう》される。

エミコ曰《いわ》く「怪獣」は、一度接点を持った子供を執拗《しつよう》に狙う傾向があるらしい。その言葉をボコはいまいち信用しきれていなかったが、昨晩のジグラの強襲は決定的だった。

ボコ、ジョー、ジュンイチ、ブロディの四人の身体に何かしらの変調が起き、それが怪獣たちを惹《ひ》きつける要因になっているのだとしたら、やはり、この旅には重要な意味がある。

空は晴天、荒れそうな気配もない。途中、イレギュラーに見舞われたこともあって無事とは言い難いが、海原を眺めていたボコの目は、ついに長かった航海の終端を捉《とら》えた。

「……もうそろそろ、着きそうだ」

与那国沿岸の洋上に浮かぶ、巨大な海上プラント……ユースタス財団・与那国島採掘基地が、到着を歓迎するかのように蜃気楼《しんきろう》の奥で揺らめいていた。

＊＊＊

「対馬の件は聞いた……自衛隊の配備も規模を拡大する」

遠からず、議員会館と国会議事堂が眺望できる官房長官室。

白髪交じりの男、東伏見《ひがしふしみ》官房長官からの通達に、側近は狼狽した。

「ですが、まだ財団からも米軍からも正式な通達は……」

不甲斐《ふがい》ない返答に、東伏見は湿った息を吐いた。

目前の男を官僚時代から使える奴だと重用してきたが、有事ほど人が見えるとはよく言ったものだ。

先の大戦が終わった時の、あの「焼け野原」が眼裏に浮かぶ。平和な時にはどれほど非現実に思える事も、起きてしまえばそれが「現実」だ。

静観の代償に差し出せるほど、無辜《むこ》の命は、安くない。

「あくまで『演習』だ。第一、何かせんと国民に示しがつかん。すでに五体目、数千人規模の死傷者も出ている。国連や米軍の都合は……君らが上手にさばきたまえ」

東伏見が説明を補足するも、側近はあいかわらず飲み込めない様子で生返事を続けた。

「承知いたしました。各方面に通達いたします。……あの……長官？」

「その……本件の情報源ですが……財団内部の者だというのは……」

「なんだ？」

側近はおずおずと東伏見に問うた。『演習』という名目で自衛隊を動かすリスクに加え、謎の情報源まで絡むのだ。不安になるのも至極当然だった。

「……深入りしたいかね？」

「……いえ……失礼いたしました」

困惑しつつも、諦《あきら》めて退室する側近を見送りながら、東伏見は机上に山積みとなった内閣情報調査室や自衛隊情報本部の極秘調査報告書を見渡して、ため息をついた。

――『怪獣』。

出現経路も行動目的も未《いま》だ不明。実際のところ災害で扱うべきか、防衛で扱うべきか、あまりにも基本的な方針すら閣僚内の意見調整が定まらないままだ。

しかし、東伏見のスタンスは変わらない。

それが敵国の焼夷弾《しょういだん》だろうと、想定外の『怪獣』などという存在だろうと……。どんな代物であろうと母国の平和を脅かす存在には、断固たる処置を取る。

徐に立ち上がった東伏見は、窓の外の国会議事堂を見つめながら、ふと思った。

どうやら早々に政治生命を賭《か》ける時が来そうだ、と。

＊　＊　＊

夏も盛り。強烈な日差しが降り注ぐ、自衛隊横須賀基地。

埠頭《ふとう》では、砲塔を真後ろに旋回させた戦車数十両が、停泊した三隻の大型輸送艦の舷門扉《げんもんぴ》へ次々と吸い込まれていく。


艦内格納庫の奥、エア・クッション型揚陸艇の背後に置かれた、指揮車両の車長席。

戦車大隊長の佐々木宗篤二等陸佐は、黄色い箱からキャラメルを取り出すと、徐に口の中へと放り込んだ。

そうして、佐々木は丁寧に解かれた包み紙を手元で折り始める。

指先で弄《もてあそ》ばれながら、少しずつ意味のある形に変貌《へんぼう》していくその小さな紙片を凝視しながら、佐々木は物思いに耽《ふけ》った。

佐々木は時折、整備確認も兼ねて戦車内に居座り、こうして瞑想《めいそう》じみたことをする。

子供の時分は実家の押入れで。

今は38トンの鋼鉄に包まれながら。

彼方の記憶を手繰り寄せるのだ。

＊＊＊

あの日、佐々木は十一歳だった。

打ち寄せる波の音に気づいて目が覚めると、そこは海沿いの岩場にできた海蝕洞《かいしょくどう》だった。級友を救出せんと足を踏み入れた大座洞からの距離、およそ数キロ。どうして自分がそんな場所にいるのか混乱したが、とにかく家に帰らなければと立ち上がった。

月明かりを頼りに岩壁をつたい歩き、泥濘みばかりの林を抜けると、サトウキビ畑へと出た。未舗装の道を点々と続く電信柱を目標に街へと抜け、数時間歩いた末にやっと自宅まで帰り着いた頃には、大座洞に足を踏み入れてから丸々一昼夜が過ぎていた。

太平洋戦争末期の南方戦線から生還し、戦後に警官となった父は、とかく厳格であった。拳骨《げんこつ》では済まないだろう、と。覚悟していた佐々木の予想とは裏腹に、父は捜索の為に集まった同僚警官達の前で、佐々木を抱きしめて泣きじゃくった。

「長浜を……捜しに行った。……でも見つけられなかった」

そう、おずおずと答えると、突然涙が溢《あふ》れ出した。

その後も、警官、長浜の両親や親類縁者、学校の教師や有志の親たちが総出で捜索したが、結局、長浜は見つからなかった。

その日からしばらく眠れぬ日々が続いた。

何度も魘《うな》されては目を覚まし、強引に目を瞑《つぶ》り、眠った。

長浜の呼ぶ声。

あの奇妙な石板。

そして地底湖から出現した「巨大な何か」。

佐々木は石板に描かれた絵の、その細部に至るまで鮮明に記憶していたが、あの鋭い音が頭の中で響いてからの記憶が、靄《もや》がかかったように曖昧《あいまい》であった。

間違いなく、何かに出会った。

しかしその「巨大な何か」の姿が、蘇《よみがえ》らない。自分はその「巨大な何か」をはっきりと見たし、確かにその名前を呟《つぶや》いた。石板に描かれた生物の絵の中に「巨大な何か」と同じ生き物もいたはずなのに、思い出せない。

不可解な記憶の欠落に不吉な意味があるように思えて、一層に佐々木の精神は磨耗していった。

日毎顔色を悪くする佐々木を心配してか、父に色々と問い詰められたが、詳細は答えなかった。

腑《ふ》に落ちない顔をする父には申し訳なく思ったが、当時は精神疾患に対する偏見が根強く残る時代だ。気が触れたと思われたくはなかった。

しかしそんな佐々木の心中を知ってか知らずか、ある日父は、こんなことを言った。

「怖い物を紙で折る事で、封じ込められるらしいぞ」

聞くと、村の誰かの伝で、陰陽師《おんみようじ》を自称する輩《やから》に知恵を借りたらしい。

確かにこの島には平家《へいけ》の落人《おちうど》の伝説やら古いしきたりやらが多い。話し言葉も平安《へいあん》時代に近い音が多く残っているなんて眉唾《まゆつば》話を、人々はさも真実のように語り合う。

折り紙の原型と言われる「古神道の神折符」だとかの受け売りを、熱心に語る父の姿は些《いささ》か滑稽《こっけい》にも思えたが、よほど心配だったのだろう。

父が藁《わら》にも縋《すが》る思いで頼った「知恵」を、佐々木は素直に試してみることにした。

あの地底湖の石板に描かれた「異形の群れ」を、思い出せる限り「折り紙」で再現する。それを煎餅《せんべい》缶の中に入れて、蓋《ふた》を閉じる。たったそれだけの事だ。

しかし、それを試した日の夜は、驚く程ぐっすりと眠る事ができた。

父はほれみろとばかりに喜び、少年期の佐々木に起きた「事件」は一段落した。

記憶を鮮明に思い出し、折り紙にする。

具体的な形を持たせることで、存在を明るみに出す。

そうすれば対峙《たいじ》し、制御し、封じ込めることができる。

この一連の「儀式」は佐々木が恐怖を克服する為の、ルーティンとなった。

＊＊＊

戦車内。

佐々木は、四半世紀も繰り返す手慣れた作業を仕上げ、完成させた小さな折り紙を計器の上に載せた。

頭部の角が極端に肥大化した、犀《さい》のような姿。他にも竜、蜥蜴《とかげ》、鱏《えい》、そして後ろ足で立つ亀、計五体の折り紙が狭いコンソールの上で犇《ひし》めき合っている。

西新宿、福生《ふっさ》、対馬の個体。

その三体全てと戦った亀。

そして新たな「脅威」……凶悪な刃を携えた、異形。

「怪獣」関連の報告書が上がるたび、記載された巨大生物たちの特徴や写真に同僚幹部はざわついていたが、佐々木は驚かなかった。

あの日以来、ずっと紙に封じ、向き合ってきた姿ばかりだ。恐怖など、疾《と》うに過ぎ去った。

あの日、あの洞窟《どうくつ》で、佐々木は、長浜を救う事ができなかった。

闇と孤独の中で出会った異形の怪物達の姿に、地底湖に浮上した巨大な影に、ずっと怯《おび》え続けてきた。

だからこそ、誰かを守れる力を求めた。戦う力を求めた。

そうして今や、佐々木は「鋼鉄の獣」を駆る者となったのだ。


「……！」


不意の、ガコンという開閉音で、佐々木は瞑想から引き戻された。副官の江夏が、砲塔ハッチ越しに顔を見せる。

「佐々木大隊長。全車両《ぜんしゃりょう》の積み込み、完了いたしました」

「ご苦労。司令部からの続報は？」

「対馬の五体目は海自のレーダー網から消えたそうです。また、沖縄での実弾演習は続行とのことです」

急の演習を強引に続行……内外から憶測や批判が飛び交っているはずだ。今の政府には腹芸ができる大物がいるらしい。

「……上もようやく、覚悟を決めるか」

確信する。待機はもう、長く続かないだろう。

＊＊＊

与那国島採掘基地、南中央港では、現地作業員たちが着岸したメルセゲル号から生体サンプルケースを運び出していた。大小様々なケースを載せた運搬用の電動カートが港と各棟を忙《せわ》しなく往復し、その周囲には何やら困り顔で話し込む研究員たちの姿も散見される。混み合う一帯を抜けた先に、エミコに続いて敷地内を歩くボコたちの姿があった。

ジュンイチが基地施設に無数に設置されたダクト類を興味深げに眺めていると、それに気づいたエミコが自慢げに耳打ちをした。

「ここは世界最大級の規模を誇る財団の採掘基地なの。研究設備も世界最高レベル……」

エミコの言葉を裏付けるかの如く、要塞《ようさい》然とした基地内には諸所に武装した警備員が配置され、張り詰めた空気が漂っている。

「世界最大で世界最高……ですか」

しかし、ジュンイチはそう言って簡単に返事をすると、再びダクト群の方へと興味を移した。船上で搭載された兵器類に目を輝かせていた時とは明らかに異なるその反応に、エミコは何か勘付いた様子で、微笑ましいとばかりに笑みを浮かべる。

「くそ……まだ気持ち悪ぃ」

「大丈夫だよ、もう陸の上だし」

一方ジュンイチの背後では、顔面蒼白のジョーが恨めしそうに不調を訴えていた。その傍らでは、ボコとブロディがめんどくさそうに応対を続けている。

「陸っつっても……浮島じゃねぇか……」

「ったく……ほら、文句ばっか言ってると置いてかれるぞ」

ブロディの言葉にジョーが顔をあげると、ちょうどエミコたちが搬入用エレベーターに乗り込んでいくのが見えた。気後れするジョーの背をボコが乱暴に押し、全員を収容し終えたエレベーターが動き始めると、五人の体は地上を離れ基地の第一階層へと向かった。

＊　＊　＊

エレベーターを降りた一同は、基地内最大の建築である南制御棟のメインエントランスに足を踏み入れた。メルセゲル号と同じく、白とオレンジを基調にした様々な施設内設備の向こうに、ボコとジュンイチの目が釘付《くぎづ》けになる。

「あれって……」

ボコの視線の先、基地の南側へと数百ｍに亘《わた》って延びる橋の向こうに、巨大なブースターが接続されたスペースシャトルの姿があった。

「すごい！　パッセンジャーシャトルと大気圏離脱用のブースターロケットですよ！」

興奮のあまりぴょんぴょんと飛び跳ねるジュンイチの背後から、エミコの解説が飛ぶ。

「運搬用シャトルよ。国際宇宙ステーションを経由して、物資を月面基地に運ぶの。財団は月面開発にも巨額の資金援助をしているから……」

ジュンイチが興味深そうに頷《うなず》く傍ら、ジョーは相変わらず不満げだ。

「月とかどうでもいいけどよ……」

船酔いが醒めないのも手伝ってか、ジョーは苛立《いらだ》ちを隠そうともせずにエミコに詰め寄った。

「いつになったら帰れんだよ？　月曜には家に戻ってるはずだろ？」

ジョーのクレームに、エミコは申し訳なさそうに眉を下げて応じる。

「ごめん、不満なのはわかる。でも、不測の事態が起きたせいで……」

「だったら尚更《なおさら》だろ！　こんなワケわかんねぇ島、さっさと帰らせろ！」

「おい、ジョー……」

いよいよジョーの口調が荒くなり、ブロディが慌てて制止に入る。しかし、ジョーの火勢は収まらず、次いで、傍に立つボコたちへと矛先を移した。

「お前らムカつかねぇのかよ！　怪獣に襲われっぱなしで連れ回されて！　こんなの検査どころじゃねぇっての！」

ジョーの剣幕に、ジュンイチが俯いて言葉を失う。一方のボコは、敢《あ》えて冷静な態度で、諭すように返した。

「ジョーが言うことも分かるけど、せっかくここまで来たんだしさ」

そもそも、一同がここを訪れたのは、ジョーが言う様に「検査を受ける」という大きな理由があったからだ。この先、怪獣に襲われることを回避するためにも、今は財団の知見を頼るべきという合意のやり取りもあった。

当然、ジョーもそれは理解している。ボコの言葉に僅《わず》かに冷静さを取り戻すと、ジョーは困り顔を浮かべて言った。

「……俺には新聞配達のバイトがあるし、あんま家空けっぱなしだとオヤジが酒飲んで仕事をサボっちまう。お前だって知ってるだろ？」

それを聞き、ボコは言葉に詰まってしまう。ジョーの家庭の事情は知っていたが、それをジョーが自ら話すことは滅多にない。余程のフラストレーションが溜まっているのだと、容易に察しがついた。

確かにジョーの言ったとおり、とても快適な旅だったとは言えない。この施設が安全であるという保証も、どこにもない。だからといって、今このまま帰ったところで何の解決にもならないこともまた、揺るぎようのない現実だ。

「……協力するって決めたんなら、ちゃんとやり遂げようよ。財団だって俺たちの協力が必要なはずだって」

言葉を選びながらボコが歩み寄るも、ジョーの態度は頑《かたく》なだった。はっきりと首を横に振ると、一歩も引かない様子でボコを睨む。

「協力っつったって、また怪獣が来たらどうすんだよ!?」

そんなことは　ここにいようが家にいようが、変わらない「問題」だ。それを理由に帰ると言うのなら、それは道理から外れている。だから、ボコは敢えてそうは言わず、今、ボコの唯一信じられる「答え」を口にした。

「もしまた怪獣が出たとしても……きっと『ガメラ』が守ってくれる」

その名を聞いて、一同に沈黙が奔《はし》った。

先の怪獣の来襲を三度も退けた、無敗の怪獣、ガメラ。何故、ボコたちを襲う怪獣の前に立ちはだかり、それらを悉く撃退し、去っていくのか。

その理由はボコたちにはわからないが、自然と出た「守ってくれる」という言葉が、少なくともボコ自身がガメラに抱く「認識」であった。

ジョーもそれを否定する事なく、押し黙る。しかし、それほど間を空けずに、諦めた様に零《こぼ》した。

「ボコ……お前が思ってる以上に、人間は簡単に死んじまうんだ」

その言葉を最後に再び静寂が流れると、それを断ち切る様にエミコが手を叩いた。

「とにかく、中へ入りましょう。すぐに検査の準備を進めるから」

＊　＊　＊

基地内、南制御棟に構えられた中央管制室の大モニターに、四人のユースタス財団評議員の姿が映し出されている。

茶髪をショートに切り揃えた女、ノーラ・メルキオリを筆頭に、白い短髪を横に流した初老の男、アンセルム・リューブラント。その隣には年の頃四十程の見た目をした精悍《せいかん》な男、プルデンシオ・フォルテア。端には四人の中では一番見た目の若い、赤髪の青年、ウィンストン・グリフィスが並ぶ。

冷たい笑顔を浮かべる四人の評議員の映像に向かって、タザキが毅然《きぜん》とした態度で質問を投げかける。

「根本的な事をもう一度お尋ねします。……いったい怪獣とは何なんです？　なぜ子供たちを狙う？」

タザキの問いかけに、ノーラがその笑顔を少しも乱れさせずに応じた。

「それを解明するためにも、あなたに尽力して頂いているのですよ」

ノーラの諭すような口調に底知れぬものを感じながら、タザキはいつもの爽やかな笑顔を貼り付けたまま続ける。

「……ですよね。いや、改めて確認したかっただけです。なにぶん、疑問が山積みでして」

「疑問とは？」

腹の中を悟られぬ様、タザキはモニターに向けていた体を翻すと、管制室内を歩き始めた。そうして手振りを交えながら、芝居がかった口調で疑問点を言い連ねる。

「なぜ特定の子供たちが執拗に狙われるのか？　なぜ真空状態なのに怪獣の死骸が溶解するのか？　その溶解をなぜオリリウムが抑制するのか？」

そこまで言って、タザキの足がピタリと止まった。

「あまりに謎が多いので、なにか重要なことを『聞き漏らしている』のではないかと不安になりまして」

タザキがモニター越しに突きつける様に言うと、管制室に沈黙が訪れた。

一筋の冷や汗が、タザキの頬を伝う。ここまで踏み込んだ物言いをするのは初めてだった。なにせ相手は財団の最高幹部。余計な一言が、致命傷になりかねない。

しかし、タザキの心配を他所《よそ》に、アンセルムは穏やかな表情のまま口を開いた。

「タザキさん、怪獣調査部門における重要事項は三つです」

一つめの重要事項を、プルデンシオが告げる。

「未知の生命体・怪獣を調査すること」

続いてウィンストンが、台本でも読み合わせたかのごとく、適切な調子で言葉を継いだ。

「その巨体を動かす謎のエネルギー源を解明すること」

最後、念を押すかの様に、ノーラの深い声がタザキの鼓膜を打つ。

「対抗策を用意し、怪獣の脅威から人類を守ること。……この仕事に就いて頂く際、お伝えした通りですよ」

四人の言い知れない圧力に、タザキは笑顔を繕ったまま小さく身震いした。

「……ありがとうございます。丁寧にお答え頂き、感謝しています」

タザキが会釈をすると、ハラリと落ちたその前髪に冷や汗が伝い、雫《しずく》となってこぼれ落ちた。

＊＊＊

「……ッ！」

訪れた激痛に、ボコは堪《たま》らず呻《うめ》き声を漏らした。白衣姿のエミコは引け腰になるボコをなんとか逃すまいと、捉えた手に力を込める。そのままエミコが手にした注射器のプランジャーを引くと、シリンジは瞬く間にボコの血液で満たされた。

「……ふう。これで全部の検査が終わりよ。おつかれさま！」

医療室内で、その他の検査を済ませたジョー、ジュンイチ、ブロディに見守られながら、ボコは「採血」という名の責め苦と戦っていた。

小さい絆創膏《ばんそうこう》を貼られ、解放されたボコは一転、澄ました表情でブロディ達に向き直る。

「……思ったほど痛くなかったよ」

ふっ、とジュンイチの鼻で笑う様な声が聞こえたが、気にしない事にしておく。

到着して早々始まった検査は、それはもう多岐にわたる内容だった。身長、体重、視力などの基本的な測定はもちろん、奇妙な図形を見せられ「何に似ているか」と問われたり、家族構成に関して質問されたかと思えば親兄弟の持病についてまで聞かれ、さらには巨大なトンネルの様な機械に通された挙句、多種多様な体液まで採取されたのだ。

体力に自信のあるジョーやブロディですらすっかりグロッキーな様子で肩を落としているにも拘《かか》わらず、一方でジュンイチはケロッとして室内を見回していた。疲労より、好奇心の方が勝るらしい。気づいたエミコが、手元のチェックシートを纏《まと》めながら設備について簡単な解説をする。

「ここには最新鋭のヘリカルCTや、ゲノムプロジェクトで使用する機材も揃ってるの。どんな小さな異常も見逃さないから安心して」

「遺伝子解析まで……ということは、まさか怪獣から、発がん性物質のようなものが？」

ゲノムと聞いて発想を飛躍させるジュンイチの質問に、エミコは微笑みながら答える。

「放射性物質は今のところ検出されてないかな」

行き過ぎた発言にジュンイチは頬を赤らめると、すごすごと座っていた椅子の上で尻《しり》を直した。しかし、エミコはまんざらでもなさそうな様子で、話を続ける。

「でも、着眼点は間違ってない。怪獣に接触した子供たちが再び狙われやすいって話は、前にもしたよね。野生動物のマーキングのように、怪獣の発するなんらかの要素が君たちの遺伝子自体に特有の『印』をつけた可能性もある」

分かっているのかいないのか、エミコの説明に一同が相槌《あいづち》を打っていると、再びジュンイチが「あの」と手を挙げた。

「もう一つ気になっているんですが、この島の……この施設の本当の役割ってなんですか？」

「……？」

藪《やぶ》から棒なジュンイチの質問に、エミコは首をかしげる。

「警備の厳重さや建物の構造を見るかぎり、ただの『研究施設』ってことはないですよね。換気ダクトも多いですし、あの正面にあった巨大なシリンダー状の構造物……」

皆が頭に疑問符を浮かべながら見つめる中、ぶつぶつと何やら唱えていたジュンイチは、エミコの目を見据えると、聞いた。

「ここ、地下にも大きな空間がありますよね？」

エミコは目を丸くすると、直後、酷く愛《いと》おしそうに笑って、答える。

「……驚いた、さすがね」

＊＊＊

与那国島採掘基地は、言うまでもなく「採掘基地」である。研究施設やシャトルの発射設備は後年増設された機構に過ぎず、本来の役割は、地下にある。

基地直下から延びる直径50～60ｍは下らない巨大なシリンダー状シャフトの壁面には数百基にもなる夥《おびただ》しい数の作業灯が灯《とも》り、その内壁には、人や貨物用のエレベーターシャフトが何本も走っている。

そんな一目見ただけでは縮尺を誤りそうな巨大な人工の縦穴を、ボコ達はエレベーターで下っていた。この採掘基地が生まれた理由たる、最深部の『大空洞』まで、四分ほどの所要時間だ。

「……すごい」

エレベーター側面の強化ガラスに張り付いていたジュンイチが、まさに財団の、人類の科学力の結晶たる巨大な構造物を前に、感嘆の声を漏らす。

そうして、深淵《しんえん》へと降下し続けていたエレベーターがシャフトから空洞領域へと差し掛かると、それまで鋼板に覆われていた内壁は一変、天然の岩壁へと材質を変えた。石灰岩由来の岩壁は性質上小さな凹凸を孕んで形成されているが、大空洞の、そのあまりの巨大さ故、エレベーター内部から眺める内壁全面はまるで漆喰《しっくい》で塗られたかの様に滑らかだ。

底部に近づくにつれ、大空洞の中心部に、淡い光が浮かび上がる。ジオデシック構造の鋼鉄フレームで覆われた、異質な領域。接続されたフレームの頂点全てに配置された装置からは、無数の小さな放電が発生しており、その青白い光が不気味に構造全体を照らす。それは、大空洞の中心部に鎮座し、空洞内の大部分を占拠していた。

まるで、奇天烈《きてれつ》な形をした光り輝くジャングルジムが何かを封じ込めているかの様なそれを、ボコ達はじっと見つめる。

次第に闇に目が慣れ、「それ」の姿が、浮き彫りになる。

「なんだよ、あれ……」

構造体の中央には、悶絶《もんぜつ》した様な格好で横たわる、異形の大怪獣の姿があった。

＊　＊　＊

大空洞、最下層に到着して、エレベーターが開く。

降り立ってみると、通過した巨大シャフトも、地上の基地すらもがこの眼前の「化け物」を理由にして造られたのだということが、否応無《いやおうな》しに理解できた。

「……怪獣、だよな」

言葉を失うボコ、ジョー、ジュンイチの傍らで、最初にそう零したのは、ブロディだった。

海洋生物を思わせる流線形の胴体を、もがき苦しんだかの様に幾本もの触腕が抱きかかえている。高さ100mを優に超す巨体はその細部に到るまで炭化したように黒ずみ、まるで干からびた木乃伊《ミイラ》の如き、深い皺《しわ》が刻まれていた。中でも目を引くのが、その胴体に付いた抉《えぐ》られた様な傷痕《きずあと》だ。一目でこれが致命傷であったのだと理解できるほどに巨大なその傷が、少なくとも眼前の化け物以外にも同格の怪物が存在したことを想像させる。

暫し観察していたジュンイチは、ハッと目を見開いた。

「この怪獣、もしかして、前に基地で説明してくれた……」

その言葉に、ポコも遅れて合点がいった。旅立ちの前、福生基地で見せられたスライド。その中に、確かに眼前に横たわる生物の姿があった。

「ええ。財団が最初に発見した怪獣……バイラスよ」

エミコはそう言うと、フレーム越しにバイラスを見つめ、わずかに目を細めた。

「この周囲の地質を炭素年代測定すると、生息していたのは約十万年前。でも、それ以外は全くの謎。生息地域も、行動目的も、生殖方法も不明。生物としての系統がまるでわからない」

エミコの言葉を聞き、ジュンイチがまた思いついたとばかりに口を開く。

「もしかしたら、地球外生命体とか?」

「ふふ……それも面白いかもね」

そうして未知の異形を前に、ジュンイチ達が和気藹々《あいあい》と妄想話に花を咲かせる傍ら、ジョーだけがただ一人、バイラスのその深く沈んだ、光の失《う》せた瞳《ひとみ》を見つめ続けていた。

＊＊＊

「すげえ、スイートルームだ……」

大空洞見学の後、ボコ、ジョー、ジュンイチ、ブロディの四人は、エミコの手配したゲストルームを訪れていた。基地内はどこもかしこも鋼鉄がむき出しの殺風景な場所ばかりだが、ゲストルーム内は、まるで三ツ星ホテルの様な豪奢《ごうしゃ》な空間に仕立てられていた。室内のリビングルームにあたる場所にはベロア地のソファと数百万円は下らないであろう大型テレビ。更には多数のゲーム機、最新刊まで揃ったマンガ、並んだケーキにフルーツと、まさに子供の夢を体現した様な光景が広がっている。

入り口ドアを入ってすぐのホワイエに立ちつくしていたボコ達は、誰からともなく部屋に足を踏み入れると、各々興味を惹かれた物に飛びついた。

「こんなに食べきれるかな……」

一流百貨店に並んでいても遜色《そんしょく》のなさそうなケーキの群れを前にしたボコは、堪らず涎《よだれ》を啜《すす》った。いつもは「一日一つまで」と厳しく言われているが、ここは与那国島。

そんなことを言う母親もいない。ボコの視界の隅では、先月発売になったばかりのゲームソフトに目を輝かせるブロディが「こりゃゲーセン以上だぞ……」と鼻息を荒くしていた。

すっかり骨抜きにされた二人の様子を呆れて見ていたジュンイチだったが、自由にしろと言われて我慢する理由もない。

どうせだったら、とリビングを適当に物色し、フルーツをいくつか皿に取ると、行儀よくソファに腰掛けた。

そうして、ようやく気づく。ジョーだけが未だホワイエのところで立ち尽くし、渋い顔をしているのだ。くし切りのオレンジを口に運びながら、ジュンイチが声を掛ける。

「ジョー、お言葉に甘えて頂くとしましょう?」

「……やめろ!」

突然のジョーの制止の声に、驚いたジュンイチは手にしたオレンジをぽとりと皿に落とした。ボコ、ブロディも同様に、ケーキに、ゲームに、それぞれ伸ばしていた手を止める。

ジョーの態度を疑問に思ったボコが、おっかなびっくりに訊《たず》ねる。

「な、なんだよ急に」

「それも、食ったらどうなるか分かんねぇぞ」

そう言ってジョーは、顎《あご》でボコの指の先にあるケーキを指した。ボコが見ると、ジョーの固く握った両の手は、わなわなと震えている。

「……財団のやつらは変だ。絶対に怪しい」

そう言い放ったジョーの目は、その場の誰をも見ておらず、ただ暗く沈んだ色をして中空に向けられていた。

「だってそうだろ!? あの地下の怪獣！……なんで言わねぇんだよ！ 分かってたらこんなとこ来ねぇよ！」

先の南制御棟メインエントランスで、エミコに文句を吐き散らしていた時と同様、ジョーの口調が荒くなる。しかしボコは同調しようとせず、呆れを声に滲《にじ》ませて返した。

「べつに隠してたわけじゃないって。あの怪獣は前に写真で見せてもらってたじゃん。それに、こんな良い部屋だって用意してくれてるんだし……」

「んなもん俺らを安心させるために決まってんだろ！ きっとその食い物にも睡眠薬とか入ってんだ！」

そう言ってジョーは、再びボコの眼前にあるケーキを睨む。睡眠薬という言葉に、ボコはギョッと飛び退いた。その一方で、ジョーの話を倦《う》むでもなく聞いていたジュンイチは、手にしたオレンジをパクリと口に放り込む。

「な……！　お前！」

もぐもぐとオレンジをじっくり食《は》みながら、ジュンイチはじっとりとジョーを見つめ、言った。

「もしその気なら、検査の時にいくらでも薬を投与することは可能だったはずですが」

正論を突きつけられ、ジョーは反論も出来ず、ただただたじろいだ。今朝方から続くジョーの不機嫌に、流石のブロディもうんざりとため息を漏らす。ジュンイチの一言で、すっかりジョーは居心地が悪くなってしまった。

「……くそッ！」

そう吐き捨てると、ジョーは一同に背を向けた。ボコが慌てて声を掛ける。

「ちょ、どこに……」

「さっきの怪獣見て何も感じなかったのかよ……！　俺はあんなバケモンの近くにいたくねぇ……！」

振り返らずにそう言うと、ジョーは出口のドアノブに手をかけ、勢いよく捻った。

ガチャッ！　と高い音が響き、そして、ドアは開かない。

「え……？」

ロックがかかっているのかと、ジョーはノブ付近を見回すが、どう見てもドアノブ以外に触れそうな場所はない。

ガチャ、ガチャと音が連続し、ドアはそれでも開かない。

サーッと顔から血の気が引いていく一同を振り返り、同じ様に顔色を悪くしたジョーが言う。

「……な？　やっぱりだ」

＊　＊　＊

「新たな怪獣……？」

日も昇りきったというのに、南制御棟の屋上テラスは、地上部に聳《そび》え立つ巨大なシリンダーシャフトの影によって、薄暗かった。

シャトル発射台を望む欄干部に、神妙な面持ちのタザキとエミコの姿があった。欄干に肘《ひじ》を載せているタザキは、すっかり消沈した様子で息を吐くと、報告の続きを始めた。

「確認されたのは島に着く三十分ほど前。ジグラの死体を食い漁《あさ》ったそうだ。今は姿を消しているようだが、いつこの場に現れんともかぎらん」

都合、五体目となる新たな怪獣の出現に、エミコも困惑した様子で口に手を当てる。

矢継ぎ早の怪獣の出現も、当然に脅威ではあるが、エミコの胸中にはまた別の疑念が浮かんでいた。

「でも、上からは何も……」

「ああ。私には別の伝《つて》から報《しら》せがあったんだ。財団上層部も当然、怪獣の出現は察知しているだろうが……先の通信では、何も伝えてこなかった」

タザキがいくつかの質問を投げかけた、財団評議員との定期連絡。すでにあの時、タザキは五体目の怪獣出現の報を受けていた。しかし、危機が迫っているというのに、財団上層部からその件について触れるような言動は一切なかった。

「財団上層部は、我々に情報を伏せている、ということだ。あの態度で確信したよ」

「それってつまり……」

エミコの胸中を満たしていた疑念は疑心へと変わり、ついに言葉となってその口を動かした。

「上は、何かを隠している……？」

それを聞いて、タザキは自嘲《じちよう》気味に笑った。

「……さあ、な。それが、なんであろうと関係ない。謎はどうでもいい。だが隠し事が多すぎる」

タザキの目が、遠く、晴天を見つめる。疲れ果ててはいるが、その表情はどこか憑《つ》き物が落ちた様に穏やかだ。

「私は財団以外にも伝がある。生存本能が囁《ささや》くんだ……潮時だとね」

タザキは振り返ると、エミコに手を差し伸べる。

「すでにヘリは手配した。……君も来るだろう？」

タザキの勧誘に、エミコはいつものオドオドとした態度のまま、俯いた。そして一言「ありがとうございます」と前置きすると、決心した様に顔を上げ、返答する。

「私はあなたと同じ時期に配属されて、本当に良かったと思ってる……頼れる仲間に恵まれて」

その言葉に、今度はタザキが黙りこんだ。遠回しだが、明確な残留の意思。エミコはぎこちない表情をしていたが、それでもその瞳に、揺るぎのない意思を宿していた。

タザキは諦めた様に苦笑いすると、欄干に向き直り、陽光を反射して白く輝くシャトルを見つめながら口を開いた。

「子供のころ……アポロ十一号の月面着陸を見ながら、親父が言ったんだ。『これはビッグビジネスになるぞ』って……。その親父が、事業に失敗してからは貧しくてね。必死で奨学金をもぎとって大学を出た。やっと財団と契約できたと思ったら、得体の知れん怪獣とやらの調査と……子供の世話だ」

それを聞いてエミコも困った様に笑う。

「でも、意義はあるわ」

「たしかに……汚れ仕事は出世のチャンスだからな」

そう言いながら欄干から肘を離すと、タザキは屋上出口へ向けて歩き始めた。

「すべては月ビジネスへの踏み台だったが、その踏み台が腐ってたら意味がない。抜けさせてもらうよ」

背後のエミコへ向け、タザキは大仰に手を振ってみせる。

「こ、子供たちはどうする気？」

引き止めきれないエミコの言葉に、最後、タザキは小さく返した。

「……妻ともそれで別れたよ。俺は子供がほしくなかったからな」

＊＊＊

「やっぱり、開きませんね」

様々な角度からドアノブを観察していたジュンイチは、最後に軽くノブを回すと、肩をすくめた。

その背後で、ジョーとボコは言い合いを続けている。

「だから、俺たちは閉じ込められたんだよ！　このままじゃ実験動物かなんかに……」

「そんなことされるわけないだろ⁉　ジュンイチも言ってたじゃん、だったら最初っからもっと色々されてるって」

「それは、きっと油断させて……」

「またそれかよ！」

外側から鍵《かぎ》がかけられているのは間違いないが、それで閉じ込められたと考えるのは早計だ、というのがボコの主張だ。ゲストルームの中にはケーキやフルーツ以外の食料はもちろん、水道もトイレも、バスルームまで備え付けられている。

そもそも、外に出る理由がないのだ。子供達が万が一にも危険な領域に立ち入らない様に、鍵をかけたと考えるのも、おかしな話ではない。

しかし、財団に対するジョーの根本的な疑念は晴れず、そんなこんなで平行線の言い合いが続いているのであった。

「お～い、喧嘩《けんか》すんのもほどほどにしておけよ」

チョコ菓子をパクつきながら、すっかりこの環境を満喫しているブロディが二人を窘《たしな》める。そのあまりに気の抜けた態度が癇《かん》に障ったのか、ジョーがキッとブロディを睨みつけた。

「うるせぇな！　お前に言われたかねぇよ！　だいたいボコ、お前があんな大人信じるから悪いんだ！」

「はぁ？　信じるも何も、これまでも色々助けてくれたりしたじゃん。お前だってジャイガーの時車で助けて貰ったろ」

ボコが反論するも、ジョーは売り言葉に買い言葉で、言い返す。

「優しくされたからって騙《だま》されんな！　結局あいつらはお前を守ってなんか……」

あまりの話の通じなさに、ついに怒りが頂点に達したボコは、ジョーが言い終える前に叫んだ。

「兄貴ヅラすんなよ！」

ゲストルームが水を打ったように静まり返る。先ほどまで怒声を張り上げていたジョーでさえ、背丈の小さいボコを前に、尻込んでいた。

「俺はジョーの弟じゃない。自分のことは……自分でなんとかできる」

ボコが静かにそう言い放つと、ジョーは混乱気味に口をパクパクと動かした。しかし、言い返す言葉も、弁明する理由も、見つからない。ジョーはついに、放心した様に肩を落とすと、覇気のない声で告げた。

「……もういい。残りたいなら残れ。俺は出口を探す」

その言葉に、ボコが気まずそうにしていると、途端出口ドアの方向から気の抜けた声が上がった。

「あ、じゃあ私も一緒に行きます。気になることがあるので」

「……は⁉」
突然のジュンイチの志願に、ジョーが目を丸くする。事の流れ的に、ジュンイチが
そんなことを言うなんて、誰一人予想していなかった。ボコとブロディが慌ててジュ
ンイチを説得し始める。
「お、おい、なんでだよ？　お前は財団に協力したいって……」
「そうだよ！　エミコさんともいちばん仲良かったろ⁉」
二人の声を背で聞きながら、室内の天井部を物色し始めたジュンイチが答える。
「……だからこそですよ。二人には分からない感情だと思います」
「な、なんだよそれ……」
ボコとブロディが呆気《あっけ》に取られるのを尻目に、ジュンイチはジョーの手を引くと、
レストルームの天井を指した。
「あのダクト、同じ形式の物を施設内でいくつも見ました。多分繋《つな》がってると思いま
す」
「あ、ああ……いいんじゃねぇかな」
もはや誰よりも率先して脱出を図ろうとするジュンイチに、言い出しっぺのジョー
すら気圧《けお》されてしまう。一同が言葉に迷っていると、ジュンイチは軽業師の如くレス
トルームの洗面台の上に上り、ミリタリーベストから小ぶりなドライバーを取り出し

た。そうして器用にダクトカバーのネジを外し始めると、あっという間に脱出口を確保してしまう。

「……？　開きましたけど」

一連の動作をポカンと見つめていたジョーに、早く入れとばかりにジュンイチが呼びかける。ジョーは慌てて洗面台によじ上ると、ダクトの入り口に手を掛けた。

「……じゃあな、ジョー」

背後に聞こえたボコの声に、ジョーは一瞬動きを止めたが、返事はなかった。

＊＊＊

狭いダクトの中を、ジョーとジュンイチが這《は》う様にして進んでいく。ダクト内は風の通りが良く、この区画が比較的新しく建築されたせいもあって、多少の埃《ほこり》っぽさを除けば通れないほどの汚れはない。

「外に出ればボートぐらいあんだろ……そしたら、近くの島かどっかに……っと」

先頭を進むジョーの手足が止まる。分岐路だ。後方を振り返り、ジュンイチの判断を仰ぐ。

「これはどっちだ?」

「ん、右ですね。もう少々進むと、おそらく下りが来ます」

何故か地図が頭に入っているジュンイチがそう応《こた》えると、言われた通りにジョーが右折をする。ややも進むと、ジュンイチが言った通り、なだらかな下りが始まった。

滑り落ちない様、前方に手を突っ張りながら進む。

「こうやって探索するのも、悪くないですね。この基地についても色々と調べられそうですし」

ずり落ちそうになるメガネを直しながら、ジュンイチが言うと、先を行くジョーが振り向かず応じた。

「珍しいよな。お前がこういう危なっかしいことに首突っ込むのって」

「そうですかね?」

ブロディから金を取り返そうとした時も、ジュンイチは否定的だった。もっとも、最後は一番乗り気だったが。

「珍しいといえば、さっきのは貴重な経験でした」

「何がだよ」

「ジョーとボコが言い合うなんて」

なんでもなさそうにジュンイチが言う。ちょうど、ダクトの下り坂が終わって再び直線路が始まった。二人は手足を止めずに進む。暫しの間を置いて、ジョーがつぶやく様に言った。

「……そうかや、はじめてかもな」

＊＊＊

ゲストルームに残ったボコとブロディは、何を話すでもなく、各々暇を潰《つぶ》していた。ジョーとジュンイチがダクトに入って、およそ二十分。ブロディはというとマンガやゲームにいくつか手を出してみたものの、なんとなく気分に合わず、今はフットボールを放って遊んでいる。ここまで娯楽が揃い過ぎていると、逆に間が持たない。いや、そればかりが原因ではなかった。

ブロディがちら、とソファに座るボコの方を見る。難しい顔でシューティングゲームを続けているが、もう何度も同じ箇所でミスプレイをしている。ブロディと同じく、心ここにあらずの様子だ。そうして画面にゲームオーバーの文字が表示されると、ボコは不意に、口を開いた。

「……言うんじゃなかった」

フットボールの跳ねる音が止まる。ちょうど、ブロディも何か言おうと口を開いたところだった。ボールを抱えたまま、ブロディが返す。

「何を？」

ボコが言いにくそうにしながら、先の言葉の欠けた主語を補足する。

「……弟のこと」

俺はジョーの弟じゃない、と、ボコがジョーに言い放ったその言葉の意味を、ブロディは追及しようとしなかった。誰しもに誰しもの事情がある。しかし、ボコの口ぶり、ジョーの過保護にも思えるボコへの態度、それらを重ねて考えると、その事情も大凡《おおよそ》の予想がついた。ブロディが返す言葉に迷っていると、ボコはコントローラーをソファに置き、話を続けた。

「ジョーが小一の時、事故で死んじゃったんだって。お母さんも一緒に。それから……あいつの親父さん、酒ばっか飲んであんまり働けないみたいで……。ジョーは内緒で新聞配達とかしてるんだ」

それを聞いたブロディの脳裏に、様々な想いがよぎる。ジョーの境遇に対する憐憫《れんびん》の情、そんな彼から金をせびろうとした自分への慚愧《ざんき》の念……中でもとりわけ鮮明に浮かんだのは、友誼《ゆうぎ》にも似た感情だった。

ブロディが自身の父に歪《ゆが》んだ感情を抱いていた時、檄《げき》を飛ばしてくれたのは他でもないジョーだ。そんな友人が心を荒《すさ》ませているのは、やはり気持ちの良いものではなかった。

少し間を置いて、ブロディは言葉を選ぶ。せめてボコの気持ちを楽にしようと、世間話を持ちかけた。

「あいつとは、いつからつるんでんだ？」

唐突な質問にボコは、いつかの光景を思い返す様に、宙を眺める。

「いつからっていうと……小一で同じクラスになってからかな。俺、学校にあんま馴《な》染《じ》めなくて、クラスのやんちゃなヤツに目ぇつけられてたんだけどさ」

「なんだよ、ひでぇなソレ」

分かりやすく憤慨するブロディを、ボコが意地悪く笑う。

「ブロディみたいなヤツだったよ？」

「あん？……お、俺はちょっと税金徴収しただけだろ……」

予想外の流れ弾にばつが悪そうにするブロディを、一頻り笑い、ボコは続きを語る。

「顔つきとか服とか、色々ムカつくんだよって、そんな理由でいじめられてた。いきなり突き飛ばされたり、殴られたり……でも……」

「それをジョーが助けてくれたってか」

ブロディの言葉を、ボコが頷きで肯定する。

「なるほどな。いかにもアイツっぽいわ」

二人のドラマチックな馴れ初めに、ブロディは感心したように微笑む。しかし、ボコはまだ何か言いたそうにブロディの意識が自分に向くのを待った。

「……？」

「いや、助けにきてくれた時の事なんだけど……ちょっと続きがあってさ」

しかし、そこまで言って、ボコは言い淀む。話の続きを待つブロディが、じれったそうにしていると、ボコは「まぁこいつなら良いか」とばかりに、話を切り出した。なにせ、少々下世話な内容だったからだ。

「ジョーのやつ、俺を助けるためにいじめっ子を殴った瞬間、その……漏らしちゃったんだよ」

「は……？」

「おしっこ」

美談から突然飛び出した下品な言葉に、ブロディは思考停止した。ボコが苦笑いで注釈を入れる。

「なんかあいつ、その日の前日食べるもの無かったらしくて、水ばっか飲んでたんだって」

「で、殴った拍子に……」

「うん。お腹に力入れたせいで、ジョーッと……」

そうしてブロディは一つの、実にくだらない真実に気がつく。

「え、ちょっと待てよ。つまりあいつの『ジョー』ってあだ名って……」

ボコが恥ずかしそうに頷くと同時に、ブロディは盛大に噴き出した。

「漏らしたときの音!? ジョ～ッってやつ!? なんだそりゃ!」

「ひどいよね……。俺の『ボコ』ってのも、俺がボコボコにされてたからって理由なんだけど」

続けて語られた余談に、さらにツボを刺激されたのか、ブロディは手にしたフットボールをバンバンと叩きながら大笑いした。

その様に、堪らずボコも噴き出すと、しばらくの間ゲストルームに笑い声が満ちた。

先ほどまでの陰気がどこかに吹き飛び、二人の息も整ったあたりで、ソファに背を預けながらボコが言う。

「……あの日からずっとなんだ。ジョーはいつだって俺のこと、守ってくれようとして……」

ボコの言った「弟扱い」という言葉の正体を知り、ブロディの心は晴れやかだった。

どうやら自分の友人に悪いやつはいない。ブロディは笑い疲れた腹をさすりながら、やれやれと笑った。

「で、どうすんだよ？　答えは決まってんだろうけど」

＊＊＊

ダクトの中で、ジュンイチの含み笑いが静かに反響していた。ボコたちと時を同じくして、偶然にもジョーとジュンイチも小便の話を反芻していたのだ。

「ほんと、何度聞いてもおかしいですよね」

ジョーは恥ずかしそうにしながら、もう何度目かになる弁解をする。

「だってしょうがねぇだろ！　トイレ行きたくなって急いでたら、ボコが絡まれてて……」

「トイレ行ってからにすれば良かったのでは？」

「そんなヒマなかったんだよ！　でも……」

当時のことを思い浮かべ、強張《こわば》っていたジョーの表情が和らぐ。

「同じこと言われたな……あの時のボコにも」

手足を忙しく動かし、這う様に前進しながら、ジョーは目を細めた。

「トオルも……弟もそうだった。怖いもの知らずでさ。思い出すんだよな、今のボコ見てっと。チャリの練習だって、手伝うって言ってんのに『自分だけで大丈夫だ〜』って、そう言い張って……」

ジョーの脳裏に、もういなくなってしまった弟と、ずっと近くにいる友人の姿が、順番に浮かんでは、消えていく。ボコの言葉の意味も、自分の感情の正体も、ジョーはとっくに気が付いていた。それをボコにばかりぶつけてしまった後悔が、ジョーの胸中でモヤモヤと渦を巻く。

ジョーが逡巡《しゅんじゅん》していると、背後からジュンイチのたしなめる様な声が届いた。

「まあ……弟扱いされたくないっていう、ボコの気持ちも分かります」

「べつに、弟扱いとかじゃ……」

そうしてジョーの手足が止まる。ジュンイチはそれを見越していたかの様に息を吐くと、柔らかい口調でジョーへ問いかけた。

「で、どうするんですか？」

喧嘩別れで出てきてしまって、ジュンイチまで巻き込んで、どう切り出せば良いのかもわからない。しかし、ジョーの中で、すでに答えは決まっていた。

「……やっぱ……戻る」

「まったく。そういうところも好きですけど」

ジュンイチが茶化すと、ジョーは顔を真っ赤にして悔しそうに呻いた。

「う、うるせぇ、バカにすんな」

「ふふ。さて、じゃあ引き返すと……」

ジュンイチがどこで方向転換しようかと、後方を振り向いた瞬間、不自然な衝撃が二人を襲った。

地震の様な、ゆっくりと大地が揺れ動くそれではなく、短く、突き上げる様な衝撃。局所的にわずかに大地が隆起したかの様な、異質な現象に、瞬時、二人の全身が総毛立つ。

ダクト全域が、低い共振の音を響かせる。

突然に、すぐ近くに。

紛れもない「命の危機」が、もうそこまで迫っていた。

＊　＊　＊

夕焼けを映す海上に影を落としながら、財団所属のＵＨ－１ヘリコプターが、採掘基地へ着陸しようと接近していた。

基地の屋上六番ポート付近には、誘導灯を持った研究員にエスコートされて搭乗階段を上るタザキの姿があった。

「……どうかしましたか？」

「いや、何でもない」

階段の途中、背後を気にしていたタザキは研究員に苦笑いで応じると、階段を上り切る。

誘いを断った部下を待つ理由はない。エミコにはエミコの考えが、信念があるのだろう。それでも後ろ髪を引かれてしまう自分を振り切る様に、タザキは前髪を整えた。風が出てきたせいか、プロペラ音はまだ遠い。そういえば、あの時もこんな潮風だったと、タザキは思い返した。

ケープ・カナベラルがまだケープ・ケネディと呼ばれていた時代。父は「ジム、ロケットを観たいだろ」と、十一歳だったタザキをフロリダまで連れて行ってくれた。そんな父が、事業に失敗したのは、お人好《ひとよ》しと人脈不足が原因だった。そして今、その息子がさっさと財団に見切りをつけて転職できるのは、人脈があり、適切に人を欺けるからだ。

つまり、父は立派な反面教師になってくれた。つくづくダメな男だったが、それでもタザキは、ロケットの発射を観て自分よりもはしゃいでいた父が好きだった。

着陸までの暫しの間。

タザキが記憶の海を漂っていると、傍の研究員が沈黙を破った。

「ずいぶん急な移動ですね。緊急事態ですか？」

「ああ……まあね。米軍との交渉にやり残しが……色々とね」

去ると決まれば、肩肘を張る必要もない。世間話のような会話とはいえ、タザキの言葉にいつもの軽妙さは無かった。会話は続かず、タザキの目が遠くシャトルの発射台に向く。

「あのシャトル……週に一回だったか？」

「え？　あぁ、運行ですか。そうですね、週一回、低軌道ステーションのラボに物資を運搬しています」

ボーッとシャトルを見つめるタザキが、柄にもなく突拍子もないことを言う。

「……あれを操縦する部署に異動するには……どうすればいいかな？」

「大抵は軍のパイロット経験者が所属してますけど。え？　タザキさん自身が異動されたいんですか？」

タザキは我に返ると、いつになく夢見がちな自分を自嘲気味に笑った。

「いや、冗談だよ」

風が落ち着き、いよいよUH－1がポートに向かって降下を始める。パイロットに向けて手を挙げ、一歩ポートに近づこうとしたところで、不意にタザキは奇妙な感覚を覚える。

高所故、多少の振動はあるが、それとは別質の……「硬質」とも言えるノッキングが足に伝わってくる。瞬間、第六感めいた危険信号がタザキの全身を駆け抜けた。

「おい！　逃げッ……」

英断。しかし、遅かった。

着陸寸前だったUH-1は、瞬間、操縦席から後方が消失し、既にヘリコプターの形を成していなかった。それどころかタザキの目前に存在していたヘリポートの一部分が、綺麗《きれい》さっぱり消し飛んでいる。

尋常じゃない切れ味によって切り裂かれたヘリの一部が、ポートの残骸が、操縦員だった人間の肉片が、それぞれの本体を離れ、夕暮れの東シナ海を背景に中空を漂っていた。

唐突に見せられたトリックアートの様な光景に、思考を凍結させたまま、タザキが唖然《あぜん》と立ち尽くす。

そのわずか上空で、鮮やかな一刀両断を決めた「邪悪の一振り」が、抜き身のままぬらりと輝く。

大悪獣・ギロンの両眼が、獲物だらけの島内を舐《な》める様に見回した。

＊　＊　＊

「なにが起きてるの!?」

中央管制室に飛び込むや否や、エミコは叫んだ。

島内周辺を網羅するレーダーモニターを凝視していた研究員たちが、一斉にエミコの方を向く。青ざめた顔をした一人の職員が、混乱を極めた様子で口を開いた。

「先ほど、基地西側六番ポート付近に怪獣の上陸を確認しました！」

「ッ！　モニター映して！」

エミコの指示を受け、研究員がコンソールのキーを叩くと、正面大型モニターに巨大な怪獣の姿が映し出された。太く短い四脚に支えられた刃状の頭部の根元、血走った両眼がカメレオンの如くギョロリと動く。その特徴的なフォルムに、エミコは見覚えがあった。

「この個体、ニウエ島採掘基地の……？」

「なっ……！　岩盤が崩れて海底断層に没したはずでは!?」

エミコはコンソールを操作していた研究員を押しのけると、モニターの映像を怪獣の頭部にフォーカスさせ、特に発達した刃の部分を食い入る様に見つめた。そうしてエミコは、既知の生物ならあり得ようはずもない可能性を、当然にあり得るものとして推察を始める。

「この頭部の構造……超振動ブレード？　これで岩盤を削りながらここまで移動してきたってこと……？」

ここは「地下採掘基地」だ。

仮に目の前の巨獣が地中を容易《たやす》く掘り進める力を有しているとしたら、この場所だけには現れて欲しく無かった。

エミコは思考を切り上げると、管制室内に行き渡る声量で、命令を飛ばす。

「当該個体のコードネームは『ギロン』。これより設備の防衛と避難経路の確保を始めます。……シリンダーシャフトの隔壁遮断、急いで！」

檄の声に数名の研究員たちはすぐさま立ち上がると、脱兎《だっと》の如く管制室を駆け出ていく。残されたオペレーターたちの背後で、エミコは徐にコミュニケータを取り出した。

＊＊＊

変わり果てたヘリポートの残骸を背に、大粒の汗を浮かべたタザキが階段を駆け下りていく。背後に、それこそ振り返るとすぐの距離に、命を刈り取る異形の気配を感じながら、タザキの瞳に浮かぶのは恐怖の色ではなく……「怒りの炎」であった。

「……ジグラの時もそうだ。乗ろうとするとヘリが吹き飛んじまう……いい加減にしてくれ！」

支離滅裂に叫ぶタザキの背後、エスコートをしていた研究員が顔面蒼白でタザキの背を押す。

「タ、タザキさん……早く！　逃げないと！」

「言われなくても、そうするつもりだ！　お、おい押すな！」

幅の狭い階段の上、タザキが研究員ともみ合いをしていると、途端、コミュニケータが着信音を響かせた。

財団を離れると決意したタザキだったが、日頃の習慣と、さらには危機的状況であるということも相まって、無意識で応答してしまう。発信者はエミコであった。

「今さら一緒に来る気になったのか？……あいにくだが遅すぎたな！」

息を切らして階段を駆け下りながら、タザキが叫ぶ。

通話の向こうのエミコは一瞬面食らったように狼狽《うろた》えるが、それどころじゃないとばかりに本題を切り出した。

「タザキさん！　駐留部隊の指揮を！　基地内全スタッフの避難を！」

「私が？　辞めると言ったはずだ！　だいたい……うあっ！」

エミコの指示を突っぱねながらタザキがターミナル屋上に降り立った次の瞬間、激しい斬撃音が周囲に鳴り響いた。タザキが怯《ひる》みながら見ると、ちょうどターミナルから300ｍほど先に建っていた地盤調査用の掘削塔の上半分が、ズルズルと切断面を滑り落ちている。

「あ、あ……」

直後、掘削塔の頂上部が地面に落下し、凄《すさ》まじい轟音に次いで激しい爆発が巻き起こった。

爆発で生じた壮絶な炎を物ともせず、ギロンはその上を悠然と闊歩《かっぽ》すると、自慢の刃の切れ味を試すかの様に、再び頭部を振り上げる。

「……ッ！」

身構えたタザキの眼前、横薙《よこな》ぎに振るわれたギロンの刃が、南制御棟横に建てられたクレーンを巻藁の如く切り裂いた。

「グロロオォオノ!!」

ギロンの雄叫《おたけ》びと、落下したクレーンが放つ轟音が重なり、地獄の重奏を響かせる。

「……キャアァァ!」

数秒遅れて、コミュニケータの向こうでエミコが悲鳴をあげた。タザキ不在の現状、現場の指揮役を担うエミコは南制御棟の管制室にいる。唐突に訪れた不条理な現実を前に、タザキの表情が苦悶の色に染まった。

基地全体を見回すギロンの三白眼が、まるで何かを探しているかのようにグルグルと動き続ける。もう、一刻の猶予も許されない。

「た、タザキさん……!」

コミュニケータ越しに響くエミコの弱々しい声に、ついにタザキは吹っ切れた。

緩んだネクタイを締め直し、帯同していた研究員に向き直ると、声を張り上げる。

「まずは、警備の部隊長に連絡だ。急がないと基地をバラバラにされるぞ!」

＊＊＊

「開けて! 誰か開けてよ! ねえ!」

ゲストルームのホワイエに、激しくドアをノックする音が響いていた。部屋に切られた大窓からは、遠く、基地内を蹂躙《じゅうりん》するギロンの姿が確認できる。ボコとブロディは手が赤くなるほどにドアを叩き続けるが、一向に助けは訪れない。

「そうだ、コミュニケータ！　あれで呼べば……」

「そ、その手があるじゃん！」

ブロディの名案に、すぐさまポケットからコミュニケータを取り出したボコだったが、ボタンを幾つか操作したところで、硬直した。

「操作できなくなってる……」

「ええ？　ちょっと貸せよ！」

ブロディは慌ててボコのコミュニケータを奪い取るが、画面に表示された『All Function Locked』という表示に、絶句した。

「これ……誰かが機能を使えなくしてんだ……」

「ブロディのは⁉　お前も持ってるだろ！」

「お、俺のは身体検査の時に預けちまった……」

ブロディが、万事休すとばかりに頭を抱える。

「ええ？……くそっ！　どうすんだよ！」

室内を改めて見回すボコだったが、ドアが開かないとなると、思い当たる脱出経路は一つしかなかった。

「ダクトに入るしかない！」

そう言って駆け出したボコは洗面台に飛び乗ると、軽々とダクトに入っていった。

それを見たブロディはなにか言いたげだったが「クソッ！」と一言吐き捨てると、大きな体をなんとかダクトにねじ込んだ。


ダクト内部は暗く、見通しが悪いが、幸い煙は充満していなかった。

これがどこに続いているのか知る由もなかったが、ボコとブロディは意を決して這い進んでいく。最中、ズズン、と外から伝わる断続的な振動が、二人の恐怖心を掻《か》き立てる。

ボコの脳裏に、窓の外に見た「刃」の異形が鮮明に浮かぶ。あれが少しでもこちらに向けば、数秒後には真っ二つだ。

一刻も早く、せめてこの建物から脱出せねば。そう、ボコが一層手足を急がせようとした時、強烈な振動がダクト全体を激しく揺らした。

「うわああぁあ!!」

死を予感するほどの衝撃。しかし、それはほどなくして収まり、ボコが目を開けると目の前の状況は一変していた。

薄暗かったダクトの内部に、夕焼けの色が差し込んでいる。建物が崩落し、ちょうどボコのいるところから3ｍほど先のあたりが、瓦礫によって閉ざされてしまった。

こうなってしまっては、もう後退する他ない。

この瞬間、ボコとブロディの脱出経路は、一つ残らず絶たれてしまった。

＊　＊　＊

基地外縁にある発着港はどのドックもごった返し、溢れた人によって地獄絵図と化していた。

小銃や携行ミサイルを構えた米軍の警備部隊が、逃げ惑う基地内スタッフを誘導し、停泊した十数隻の調査船に次々と送り込んでいく。断続する地響きが海面を波立たせ、先行して乗り込んだ者達からは「早く船を出してくれ」と、懇願する様な叫びが噴出する。その場の誰しもが、無信心な者すらも、無様に願う。目と鼻の先を闊歩する大怪獣の「切っ先」よ、決して自分の方を向いてくれるな、と。

しかし、ギロンはというとそんな阿鼻《あび》叫喚の発着港には目もくれず、基地の中央部のあたりを執拗に徘徊《はいかい》しては、頭部の刃で施設を伐採し続けていた。

ちょうど発着港を見下ろす位置にある高見台に、米軍警備部隊を引き連れたタザキの姿があった。遠方、基地内を徘徊するギロンを睨みつけ、タザキは思案する。上陸後すでにしばらくの時間が経過しているが、ギロンは捕食行動を取るわけでもなければ、通り去っていく気配もない。であれば何か執着していると考えるのが常道だが、今はそれを見極めることよりも、まずは基地スタッフの避難の完了が最優先だ。

タザキは思考を切り替えると基地内をグルリと見回し、基地の外縁部に設置されている大型火器を指差す。

「あれは?」

タザキの問いかけに、傍に立つ部隊長が低くしゃがれた声で応じた。

「Mk45……5インチ砲です。まさかとは思いますが、あれは『外に向けて撃つ』ものですよ?」

察しのいい部隊長が、窘める様に言う。しかし、この状況下だ。タザキは躊躇《ためら》いもなく言ってのける。

「全員避難させるまでの足止めが必要だ。避難している間だけ、あれを使って、怪獣をひきつけられないか」

しかしタザキの提案にも、部隊長は首を横に振って応じようとしない。

「我々は対テロ部隊として配備されています。ましてや施設内部に向けて大砲を発射するなど……」

「……責任は私が取る」

タザキはそれだけ言うと、部隊長の瞳を力強く見つめた。部隊長もそれ以上は反論しようとはしなかった。

「……わかりました、やってみます」

＊＊＊

南制御棟、南西エントランスへと続く廊下を、幾人もの研究員が死に物狂いで駆け抜けていく。すでに建物の至る箇所がギロンの侵攻によって崩落し、廊下も鉄製の壁の端々がひしゃげ、天井と噛《か》み合わなくなっている。

管制室に残っていたオペレーターに基地の放棄を言い渡し、その全員が脱出するのを見送ってから、エミコも廊下へと飛び出した。

度重なる爆発音が、遠くから響く。避難経路に火でも回っていたら目も当てられなかったが、幸い施設内部は予備電源によって明るく、避難に支障はなさそうだ。

エミコが廊下をかけていくと、避難経路途中のT字路に、浅黒い肌をした研究員、ダリオ・モンテマジョルの姿があった。ダリオは横須賀から対馬、そしてこの与那国島採掘基地まで同行した優秀な船員でもあり、周囲からの信頼も厚い。思いがけない遭遇に、エミコの口から「あぁ……」と声が漏れる。気づいたダリオが駆け寄ると、エミコはお互いの無事を喜ぶでもなく、気がかりを訊ねた。

「生体サンプルも、オリリウムも、確かに移送させたのね？」

ダリオも、毅然と返す。

「あぁ、ローデリヒに通信で確認した。俺は一度、避難船に向かう。お前も出れるのか？」

「えぇ。……もうここは放棄するしかない」

互いに頷きあい、廊下を走り出したところで、エミコが不意に立ち止まった。

「ちょっと待って！……子供達は⁉」

「子供達……？　流石に誰か向かったんじゃ？」

エミコの顔面が、みるみるうちに青ざめる。

「だったとしたら私に報告があるはず。でも、聞いていないわ」

「っていうことは、まだ……」

ダリオが言い終えるのを待たず、エミコは身を翻すと、避難経路を逆走し始めた。

背後で、驚いたように声をあげるダリオに、言い放つ。

「……先に行って！」

ダリオが返事をする間も無く、エミコは廊下をグングン逆走していく。突然のギロンの強襲にタザキの不在が重なり、子供達のことが頭から抜けていた。エミコの表情が激しい自己嫌悪に歪む。

子供達のいるゲストルームは、官制室のあたりからだとかなりの距離がある。その間のいくつかの隔壁も、この被害状況ではほとんどが閉じてしまっているだろう。では、どうすればいいか。

必死に頭を回転させるエミコをあざ笑うかの様に、断続的な揺れが続く。そうして一際激しい振動の直後、エミコの進行方向の右側の壁が、轟音と共に崩れ落ちた。

「……ッ!?」

突然のことに、急制動が間に合わない。エミコは降り注ぐ瓦礫に足を取られると激しく転倒し、その上にむき出しになった鉄柱が倒れ込んだ。

「きゃあっ……！」

全身を激しい痛みに貫かれ、エミコの意識が急速に遠のく。瓦礫が支えとなり鉄柱に潰されこそしなかったものの、四方を囲まれてしまった。薄れていくエミコの視界の先、壁に開いた大きな穴から、ギロンの相貌が覗く。

タザキ率いる警備部隊の応戦も虚《むな》しく、迎撃用の砲身はギロンの背景で黒煙を立ち上らせていた。

「だ、誰か……」

続く言葉を口に出せぬまま、エミコの視界がブラックアウトする。直後、エミコの意識の外で大きく跳躍したギロンの「切っ先」が、ボコ達の閉じ込められていたゲストルームの壁面を、見事に両断した。

＊　＊　＊

ダマスカス調の刃が通り抜けた次の瞬間、ゲストルームの壁面が、豪奢な窓やそこに飾られた調度品や大型テレビごと、跡形もなく消え去った。

露出した部屋から望む景観に今朝方までの美しさはなく、今や悪鬼によって荒らされた基地の残骸が、無残に広がるばかりだ。

行く手を阻まれ、ダクトからゲストルームへと戻ったボコとブロディだったが、タイミングが良かった。もう少しでも早く戻り、外の様子でも見ようと窓辺に近づいていたら、今頃その半身は他の瓦礫と共に宙を舞っていただろう。

出入り口の扉を背に、ヘタリ込んだブロディはあまりに非現実的な光景を前に、力なく笑った。

「なんかの冗談だろ……こんなの、どうしたら……」

腰砕けのブロディの傍ら、ボコもまた全身の震えを止められずにいた。

崩壊したゲストルームから僅かの距離で、辺り構わず切って回っていたギロンはキョロキョロと頭を振り、眼球を動かしつづけている。まるで人間が散らかった部屋で「何か小さいもの」を探すかの様な動きだ。仮にそうだとするなら、探し物とはなんであろうか。

頭を過ぎった最悪の予感に、ボコは拳を白くなるほどに握りしめる。怪獣が探し回る小さいものなど、思い当たる限り一つだけだ。

ボコの予感を裏付ける様に、動き続けていたギロンの瞳がピタリ、と止まる。それは紛れもなくボコを見据え、ピントを調整するかの様に瞳孔《どうこう》をわずかに広げた。

「ひっ……！」

堪らずボコが短い悲鳴をあげると、同時にギロンが「ついに見つけた！」とばかりに二股《ふたまた》に裂けた大口をガパリと開けた。その口腔内、ヒダの一つ一つまでもはっきりと見えるその距離で、ボコの脳裏に浮かんだのは、他でもない「友人」のことであった。

ジョーは、ジュンイチは、うまく脱出できただろうか。せめて最期に、ごめんと一言言えたらよかったのに。

諦め、瞑目する。

ブロディの断末魔が炸裂する。

ボコの視界の外で、ギロンがゲストルームごと平らげようと大口を開ける。

しかし、次の瞬間訪れたのは痛みでも、意識の剝離《はくり》でもなく、再び基地全体を震わせる、激しい振動だった。

「……!?」

ギロンの挙動によってではない、正体不明の衝撃。ボコはもちろん、ギロンですらも警戒心を露わに周囲を窺《うかが》う。それは一度で収まらず、激しくノックする様に連続する。ここは人工島だ。海の上で地震など起きようはずもない。

「……まさか、マジで俺らを？」

一つの予感に、ブロディの顔が僅かに生気を取り戻す。

「……あぁ、やっぱり」

瞬間、ギロンの足元に異変が生じた。コンクリート製の厚さ数十ｍにもなる地盤が、赤熱しグツグツと沸騰する。直後、立ち上った巨大な火柱が、ギロンの600トンにもなる巨体を吹き飛ばした。

熱風を浴びながら、ボコの両眼が涙を浮かべる。恐怖の色で沈んでいたその瞳を「火焔弾《かえんだん》」の輝きが赤熱色に塗り替えた。

「やっぱり来てくれたんだ」

地盤に開いた大穴から出現した青漆の巨獣が、眼前の大悪獣を前に、獰猛《どうもう》な眼光を光らせる。

「ゴアァァァッ!!」

マジックアワーに沈む与那国島採掘基地に、大怪獣「ガメラ」の大咆哮が響き渡った。

＊＊＊

轟音と共に着地するやいなや、ギロンは射殺《いころ》さんばかりに眼前の巨獣を睨みつけた。

もうコンマ数秒判断が遅れていたら、鱗装甲の薄い腹部は炎塊となって溶けていただろう。辛くも身をよじり、自ら飛び退いたことで致命打を回避していたのだ。

相対するガメラの全身からは、朝霧の如き水蒸気が立ち上る。纏った海水を蒸発させるほどの内燃エネルギーがプラズマとなって迸《ほとばし》り、まるで威嚇するかの様にガメラの胸元で弾《はじ》けた。

双方の殺意に満ちた低いうなり声が、あたり一帯の空気を震わせる。

そうして、互いの間合いを読むこと、わずか数秒。示し合わせたわけでもなく、二体の巨獣は咆哮をぶつけ合った。

「ゴガォオオオオッ！」

「グロォオオオオッ！」

深く構えたギロンが四脚を地面に食い込ませると、直後、その全身は超速の刺突となって前方へと射出された。眼前に迫る凶刃の一撃に、ガメラは瞬時に迎撃の構えを取る。

開かれた五指を横薙ぎ振るい、迫る刃の側面にガメラが強烈な平手打ちを浴びせると、あたり一帯に稲妻の如き轟音が鳴り渡った。

刹那《せつな》、右手に奔った奇妙な衝撃と共に、ガメラは理解する。相対するギロンの「刃」は、超振動する破砕装置でもある。ただ刃を振り回す暴漢を相手にするのとは訳が違う。研ぎ澄まされた「刃」の切れ味ばかりではない。「妖刀《ようとう》」もかくや、ギロンの「刃」は触れた者を悉く磨耗させる悪辣《あくらつ》の一振りであった。

右手に残る痺《しび》れにガメラが僅かに意識を逸《そ》らすと、迎撃を受けたギロンはその柔軟な体をバネの様にしならせ、中空へと舞い上がる。

直後、乱回転を始めるギロンの刃が、そのまま連撃となってガメラに襲いかかった。徒手空拳で応じるガメラだったが、通らば即致命の乱撃がその身体をみるみるうちに切り刻んでいく。

「ゴアッアアァッ!!」

数ヵ所に斬撃を受け、血を零すガメラが苦悶の表情を浮かべる。その隙を見逃さんとばかりに着地したギロンは再び宙を舞い、前方宙返りの格好で凶刃を振り下ろした。身をひねり、避けようにも、あと一歩が間に合わない。ギロンの切っ先がガメラの鱗装甲を切り裂くと、脇腹から夥しい鮮血が噴き上がった。

「グゴァアアァアァ!!」

疑いようもない、有効打。ガメラの絶叫を聞きながら、身を翻すと、ギロンはヒットアンドアウェイの要領で間合いを取った。着地と共に、砕けた瓦礫が砂塵となって舞い上がる。

決して深追いしない、ギロンの狡猾《こうかつ》な立ち回り。

自分の優位を誇るかの様に、ギロンが瓦礫の海にうなり声を響かせていると、砂塵の向こうで、バリッ、と。

暗雲に疾《はし》る稲光のごとく青緑の閃光が数度、瞬いた。僅かな時間でチャージを終えたエネルギーが超高温で白熱し、そして……。

「グロロアァアァッ！」

高速で打ち出された火焔弾が、ギロンの禍々《まがまが》しい刀身を焼き貫いた。

晴れた砂埃の向こう、怒りに満ちたガメラの眼光が鈍く光る。ギロンの一瞬の慢心を見逃さぬ、ガメラ渾身《こんしん》の一撃。砂塵すらも利用した不可視の炎弾は、確かにギロンの刀身を直撃したものの……。

「グルル……」

超振動の皮膜に守られたギロンの怪しく煌めく刀身に、傷一つ、つけることは叶《かな》わなかった。

世に並ぶ者なし、攻守揃ったまさしく地上最強の「一振り」。

思わぬ劣勢に、ガメラは開いた目を僅かに細めた。

＊　＊　＊

「おらっ！……よし、開いた！」

建物の崩落によって歪んだゲストルームのドアが、ブロディのタックルでついに開け放たれた。激戦を繰り広げるガメラを眺め、立ち尽くしているボコに向かい、ブロディが叫ぶ。

「とにかく外に出るぞ！　ジョーたちだってきっと逃げてる！」

ブロディの言葉に、ボコはハッと我に返る。しかし、崩壊した部屋の外、劣勢のガメラを思うとなかなか足を踏み出せなかった。

「おい、早く！」

ブロディの叫びに急《せ》かされ、ボコは最後、背後に聳え立つガメラへ小さく応援の言葉を唱え、部屋の外へと駆け出した。

＊　＊　＊

「う、うぅっ……」

意識を取り戻したエミコの目が、逆光に浮かぶ巨大なシルエットを捉えた。次第に覚醒《かくせい》する意識が、それがギロンと応戦しているのだと認識する。

「……ッ!?」

自分がどれほどの時間気絶していたのか。子供たちは、どうなってしまったのか。胸中を満たす不安に、半ばパニックになりながら、エミコは周囲を塞《ふさ》ぐ瓦礫を必死に押しあげる。

「い、急がなきゃ……」

不幸にも、白衣のポケットは身体の下敷きだ。助けを呼ぼうにもコミュニケータに手が届かない。助かるとすれば自力の他にないが、エミコの踏ん張りも虚しく、身体を押さえ付ける鉄柱は依然として動く気配がなかった。

数分の格闘の末、ついにエミコが瓦礫から手を離した瞬間、別の何者かの手が瓦礫を掴んだ。

「タザキ……さん？」

見ると、顔も紅潮させ必死に瓦礫を持ち上げようとするタザキが、力みを声に滲ませながら言う。

「安心しろ、指示通り……あらかた避難させたよ……！」

「じゃあ、どうしてここに……」

助けられている立場にありながら、なぜ避難船に乗らなかったのか、と、そう尋ねるエミコに、目も合わせないままタザキが答える。

「逃げるのかって……そう言ったよな。……昔、同じことを言われたよ……別れた妻にね！」

タザキが全身をバネにして力を込めると、ついにエミコの自由を奪っていた鉄柱が持ち上がった。慌てて脱出するエミコを待って、タザキは鉄柱を放る。

肩で息をしながら、タザキは座り込むエミコに手を差し伸べた。

「話し合ったところで、結果は同じだったろうがな……私はネゴシエーターのくせに、財団も君も説得できないぐらいだ……」

それでも、タザキは戻ってきた。タザキがいつもの芝居がかった笑みをみせると、エミコもいつもの様に苦笑いを浮かべ、今度こそ、その手を取った。

＊＊＊

大気を震わせ、地面を割り、大怪獣二体による地上最大規模のインファイトが続いていた。

「グォオオオッ！」

緑色の出血を棚引かせながら、ガメラが爪撃《そうげき》を乱発する。対するギロンは頭部に聳えた大振りの刃を器用に操り、そのラッシュを右へ、左へいなし続けた。

無作法な悪漢の様でいて、繊細なその所作はまさに「達人」。生まれながらに名刀をその身に宿したギロンの前代未聞のバトルセンスに、さしものガメラも消耗戦を強いられる。

刹那、ラッシュに織り込まれたガメラの握撃が、ギロンの間合いの更に奥へと入り込む。いくらギロンが卓越した技量を持ち合わせていたところで、超重量のガメラにねじ伏せられてしまえば一溜まりもない。しかし、ガメラの爪がその鎖帷子《い》の様な体皮に触れる寸前のところで、ギロンは大きく身体を反らした。その勢いを活かし、バク転の要領で宙へと跳ね上がる。

「ゴアッ……！」

風切り音と共に、ガメラの爪が空を切る。辛くも必殺の間合いを抜け出したギロンが、空中から反撃を仕掛けようと狙いを定めた次の瞬間、ギロンの視界が白く染まる。

「グロォッ!?」

生じた間合いは中距離。十分に射程圏。胸部に「二の矢」をチャージさせていたガメラは握撃の直後、続けざまに火焔弾を放っていたのだ。対するギロンは空中、逃げるどころか、超振動ブレードのガードも間に合わない。しかし、この窮地においてなお、ギロンの戦闘能力は卓越していた。

僅かに身をよじると、頭部に偏ったそのアンバランスな重量配分が手伝って、ギロンの落下速度に大幅な乱れが生じる。まるで風に舞う木の葉の如き不規則な動きに、必殺の火焔弾は見事に躱《かわ》されてしまった。

唖然とするガメラに、再び上空からの剣撃が襲いかかる。咄嗟《とっさ》に背甲で受け流すも、返す刃が僅かにガメラの皮膚をそぎ取った。

瞬《まばた》きもできぬほどに、熾烈《しれつ》を極める攻防戦。そうして何度かの打ち合いの末、甲高い剣戟《けんげき》の音と共に、両者は同時に大きく飛び退いた。

眼光が交わり、そうして、じっ、と。

剣戟音で満たされていた戦場が、水を打ったように静まり返った。

ギロンとの距離は近すぎず遠すぎず、ガメラの脳裏に「火焔弾」の選択肢が過ぎる。

しかしこれまでのギロンの動きを考慮すると、その選択肢はあまりに悪手だ。迂闊《うかつ》に炎弾を放ったところで、おそらく相手はそれを目くらましにカウンターを仕掛けてくるだろう。チャージの隙も、当然晒《さら》すわけにいかない。しかしリーチで分のあるギロン相手に、突撃することもまた躊躇われた。

しかし、そんなガメラの逡巡が、ギロンを有利にしてしまった。この間合い、攻めてこないということは「有効打」がないのだと、確信したギロンの背に青白い閃光が迸る。

「ゴアッ!?」

直後、ギロンの背から射出された鉤《かぎ》状の弾丸が、超高速でガメラの皮膚を裂いた。

そうして続けざまに一射、二射と、空力加熱によって赤熱化した鱗装甲が五月雨《さみだれ》となってガメラに襲いかかる。

刀技一辺倒に思われたギロンの、掟破《おきてやぶ》りの遠距離攻撃。乱れ飛ぶ手裏剣を思わせる『鱗弾』の乱射が、徐々に、しかし確実にガメラの体力を奪い取っていく。

そうして堪らず身をよじらせたガメラの背甲が、一発の鱗弾を後方に弾いてしまう。

流れ弾となったその一発が、ガメラ後方の南制御棟に、突き刺さった。

＊＊＊

「うわあぁぁ!!」

耳を聾《ろう》さんばかりの轟音と共に、ギロンの放った鱗装甲がボコたちの進路を見るも無残に破壊する。打ち砕かれた内壁が瓦礫となって、瞬く間に進路を埋め尽くした。

一枚が数メートルにもなる巨大な鱗に進路を断絶され、ブロディが顔を青くして叫ぶ。

「ボコ！　ここはもうダメだ！」

着弾の衝撃に尻餅《しりもち》をついていたボコがよろめきながら立ち上がると、内側に開いた穴から、満身創痍《そうい》のガメラの姿が見えた。

その体は至る箇所が切り刻まれ、今しがた目の前に撃ち込まれたものと同様の鱗が、何枚も突き刺さっている。

「ガメラ……ッ！」

ボコが呼びかけると、声など聞こえるはずもない距離にも拘わらず、ガメラは僅かにボコを一瞥《いちべつ》した。もう、これで四度目になる。怪獣の襲撃のたびにガメラはこうして現れ、ボコたちを背に戦ってきた。

　そして今も、こうして戦い続けている。

「ゴアァァァ!!」

　一際大きな咆哮をあげると、ガメラはボコを背に守るようにして、再びギロンに立ち向かった。なおも鱗弾を連射するギロンを標的に、ガメラは渾身の火焔弾を撃ちこんだ。続けざまに一発、さらにもう一発。何度躱され、何度無駄打ちに終わろうと、横殴りの鱗弾の強襲に怯むことなく、火焔弾を連射する。

　タフネスを盾にした、気魄《きはく》の進撃。そうして徐々に間合いを詰め始めたガメラが、一気に攻勢に出ようした次の瞬間、突如ガメラの視界左半分が、光を失った。

「ああっ!!」

　ガメラの背後で、ボコが堪らず悲鳴をあげる。鉤状の鱗弾が、ガメラの左眼球を縦に割る様に貫いていた。

　その好機を、ギロンは決して逃さない。狡猾にもガメラの失った「左側の視界」に潜り込むと、直後全身をバネにして跳躍し、空中で回転を始める。やがてギロンがその体軀を弓なりに伸ばすと、生じた莫大《ばくだい》な運動エネルギーがその禍々しい刀身に収束し、音速となった切っ先が鞭の如き風切り音を奏でた。

「やめろぉッ!!」

　ボコの叫びも虚しく、無情の一太刀がキンッッと鮮やかな剣戟音を響かせると、切り落とされたガメラの太く強靭《きょうじん》な右腕が、音もなく宙を舞った。

「ゴアアアァアァァ!!!!」

右腕切断部から青緑色の体液を噴き上げながら、ガメラがその巨体を激しくよろめかせる。その衝撃に、ボコの立っていた床部が割れ、奈落《ならく》に向かって激しく傾いた。

「うあああぁぁぁぁ!!」

慌てて急斜面となった床を駆け上がろうとするボコだったが、背後に迫る崩落のスピードに、脱出が間に合わない。

「ボコッ!」

辛《かろ》うじて崩落を免れた床部から身を乗り出して、ブロディが手を伸ばす。地上数十mの高さだ。落下しようものなら、当然、一溜まりもない。しかし、ブロディに縋ろうと必死に伸ばしたボコの小さな手は、その指先を掠《かす》めただけで、届かなかった。

「……あっ」

ボコの視界から、絶望の表情を浮かべるブロディが、徐々に遠ざかっていく。

崩落した床から両足が完全に離れ、瓦礫とともに重力に飲み込まれていく。

これはもう、助からない。

そう、直感したボコの視界。

ブロディの背後から、奈落へと身を投じる、一人の友人の姿があった。

「ボコォッ!!」

差し伸べられたジョーの手のひらが、ボコの手を強く握りしめた。同時に飛び出したジュンイチと、瞬時に状況を理解したブロディが、それぞれジョーの両足をガッシリと摑む。

ガクン！　と走った衝撃の直後、ぶら下がった格好になると、ボコは驚きの声をあげた。

「ジョー!?　どうして……」

「んなこと良いから、ちゃんと摑まってろ！」

ジョーの声を合図に、ブロディとジュンイチが息を合わせて、それぞれに抱えた足を引っ張り上げる。そうしてなんとかボコを床部まで引き上げた瞬間、四人は腰砕けになってへたり込んだ。

息も絶え絶えにメガネを直しながら、ジュンイチが口を開く。

「……進んでいたダクトが壊れて、放り出されたんですよ。それから二人を捜して回ってたんですが……いやぁ、間一髪でした」

息を荒らげて天を仰いでいたジョーも、疲れ果てた様子で悪態を吐く。

「ったく、いっつもいっつも手間かけさせやがって……」

「べつに頼んでないだろ！　助けてくれなんて！」

脊髄《せきずい》反射の様にボコがそう言うと、ジョーは意地悪く笑って返した。

「……ったくよ、ホント俺がいねぇとダメだな」

相変わらずの憎まれ口。しかし、ジョーらしいその口ぶりに安心したのか、ボコは顔をほころばせた。

「うるさいな……そういうのいいって言ってんじゃん……」

ようやく「合流」を果たした二人を前に、ジュンイチとブロディもやれやれと顔を見合わせた。

しかし、奇跡の様な再会を喜び合うのもつかの間、暮れ泥《なず》む空を割って、ギロンの勝ち誇った様な咆哮が響き渡る。

一方のガメラは片目と片腕を失い、ギロンを睨む眼光すらも、焦点がおぼつかない。

「あ、あの強ぇ亀が……」

凄惨《せいさん》な光景に目を背けるブロディと、対照的に、ボコはガメラを瞬きもせず見つめ言い放った。

「あんなの平気だよ……ガメラは負けない……絶対に……！」

ボコ自身、本心からそうだと思っていたわけではない。紛れも無い重傷、あまりに劣勢、どう甘く見積もってもガメラに勝利の気配は見当たらない。

それでもボコは「負けない」と、そう口に出した。負けて欲しく無いと言いたかっ

たわけでは無い。ボコの本能が、察したのだ。

ガメラから伝わる「負けてたまるか」という、揺るぎない意思を。

しかしギロンは絶命寸前のガメラには目もくれず、邪悪な両眼をぐるりと回すと、再び標的をボコたちに移した。

それに気付きながらも、ガメラは短く呻き声を吐くばかりで動けない。ギロンと子供たちの間には、今やその侵攻を防ぐ盾も、壁も、なくなってしまった。

「やべぇって……!」

攻撃を察したジョーが情けなく声をあげると同時に、ギロンが四脚を屈《かが》ませる。ボコ、ジュンイチ、ブロディも身体を強張らせるが、向けられた極大の切っ先を前に、対抗策もなにも、あったものではない。

あの禍々しい刃が、一度解き放たれれば「終わる」。建物も、瓦礫も、一切を切り裂いて、簡単にボコたちの命は刈り取られる。

「グロァァァァッ!!」

ボコたちの絶体絶命の直感を肯定するかの様に、全身のバネを溜めきったギロンの刺突が、瓦礫片を撥ね上げながら発射された。

そうして地面を砕き、大気を貫き、コンマ数秒の間に標的に到達したその刃は、またしても。

またしても、一体の巨獣の身によって食い止められた。

「ゴガ……ァッ！」

口腔から青緑色の泡を吹きながら、ガメラの残された眼球が僅かに痙攣《けいれん》する。

放たれたギロンの刃はガメラの腹部に着弾し、背面の甲羅までをも貫通し、研究棟の壁面に深々と突き刺さっていた。

「うわあぁぁあぁ!!」

直後、研究棟を襲った衝撃に、ボコたちは絶叫を弾けさせる。ついに研究棟全体が、端から崩壊し始めたのだ。

「……あ！　あそこに！」

刹那、ジュンイチの瞳が、一つの脱出経路を発見する。

それは「大空洞」へとつながる、エレベーターのドアであった。半開きになり、階数を示す表示灯も消えているが、それでも照明が生きている。

それ以外の道は、もはや一つとして残されていない。議論するまでもなく、一同は同時に駆け出すと、踏んだ側から崩れ落ちていく床を転がる様にして進んでいく。

一人、また一人、とエレベーターに身を投じていく。

そうして最後、ボコが飛び乗ったところで、エレベーターの前面の床は完全に崩壊し、遥か下方の地上部が吹き抜けとなった。

慌ててジュンイチがドアを閉めると同時に、ジョーが言う。

「……あっぷねえ！　っていうか、大丈夫なのかここ……？」

「いや、大丈夫じゃ……なさそう」


天井を見つめるボコの表情が、みるみるうちに青ざめる。ライトは辛うじて点《とも》ってはいるものの、停電寸前のように明滅を繰り返し、更には上部のワイヤーも何本か千切れている。激戦の影響で、エレベーター内の至る箇所が限界寸前に消耗している。そこに、子供とはいえ、一気に四人が乗り込んだのだ。

「……え？」

ブチンッ！　とワイヤーの切れる音と共に、エレベーター内の照明が赤色の非常灯へと切り替わる。直後、エレベーターは全員を乗せたまま、高速で落下を始めた。

「うわあああああああ!!」

「もう死ぬ！　今度こそ死ぬぅ!!」

悲鳴を合唱する子供たちを乗せたまま、奈落行きのエレベーターは暗闇へと姿を消した。

ずるり、とギロンが血塗られた刀身を引き抜くと、ガメラは抵抗もせずズシンと前のめりに倒れ込んだ。内容だけを見れば、ガメラの劣勢ばかりが続いた一方的な戦いであった。

＊＊＊

「グロッアッァアァッ！」

地に伏せたままピクリとも動かないガメラを睥睨《へいげい》しながら、ギロンが笑い声にも似た、悍《おぞ》ましい勝鬨《かちどき》をあげる。

しかして、ギロンの心中は晴れやかではなかった。遠路はるばる地中を掘り進めて、ようやく見つけた「メインディッシュ」を食い損ねてしまったのだから。

だが、まぁ、良しとしよう。なにせ、邪魔者はもういない。ご馳走《ちそう》も、食い損ねたとはいえ、遠くへ逃げられたわけでもない。またゆっくりと追い詰めて、じっくり堪《たん》能《のう》すれば良い。

ギロンの二股に裂けた醜悪な口が、醜く笑う。口端から溢れた涎の塊が、激戦によって破砕され、瓦礫の海と化した基地の残骸にドチャリと滴り落ちた。

傍らでは、動かなくなったガメラの全身が、沈みかけた夕日に橙《だいだい》に染められていた。

強烈な西日によって生まれた影が、漆黒の巨像となって、瓦礫に投影される。

「……ァッ！」

しかし、動かなくなった、動かないはずのその影が、僅かに。

音もなく、変形した。

ギロンは気づかない。すでに葬った相手のことなど、気にかける様子もない。

その、卓越したバトルセンス。絶対的な自信……。故に生じる、致命的な隙。

……そう、強者と認めた相手だからこそ、ガメラは「この瞬間」に賭けたのだ。


「ゴア……ッ！」

討たれ、果てたかの様に。

敢えてうつ伏せの姿勢を選んだガメラの胸部で、密《ひそ》やかにチャージを終えた高密度のプラズマエネルギーが火花を散らす。

手足はもう動かない。いいや、動かす必要などない。

地に伏してなお、勝利に喰《く》らい付かんとするガメラの意思に呼応する様に、不屈の内燃機関が出力を上げていく。

「ゴアアアアノッッッ!」

そして再び、ガメラの瞳に闘志の炎が灯った。

咆哮と同時にガメラの胸部から、まるで万羽の鳥が飛び立ったかの如き激しい放電音が炸裂する。

続けざまに胴体へ手足を折り畳むと、ガメラの背を包んでいた背甲が無数の刃となって反り立った。

生まれた鱗装中の隙間がルーバーとなり、プラズマジェットが噴出する。

大気が嘶《いなな》き、周囲の瓦礫を撥ねあげるほどのプラズマジェットの超出力によって、高速で回転を始めたガメラの全身は、瞬く間に『光の円盤』と化した。

「……グロッ!?」

眼前で巻き起こる超常の現象に、慌てふためくギロンが、堪らず鱗弾を乱射する。

しかし、先ほどまでガメラの表皮を刺し貫いていたその弾丸は、回転によって悉く弾き飛ばされた。

「グロァッ……!」

ギロンの全脳細胞が、激しく警鐘を打ち鳴らす。あれは、危険だ。尋常じゃない。

転がる様にして体勢を変えると、ギロンはガメラに背を向け、眼前の海へ向かって一目散に跳躍した。

ふざけるな。冗談じゃない。鱗弾も、必殺の「刀身」をもってしても、あれを打ち砕くには到底足らない。あんな危険極まりない生物に立ち向かうなど、出来ようものか！

ギロンの、その生涯で一番の大跳躍が、しならせた巨軀を海へと運ぶ。

海鳥の羽ばたきが、ギロンの頭上を通過する。

海風が、ギロンの凶悪な体表を撫で、抜けていく。

遥か水平線に沈む夕日が、ゆっくりと海洋に陽光を溶かしていく。

……遅い。どういうことか、いつまでたっても海面が近づいてこない。

ギロンの焦りがそう錯覚させたのか。はたまた跳躍に力が入り過ぎてしまったことが原因か。いずれにせよ、ギロンの「敗因」は、明確であった。

「……グロァッ!?」

短い断末魔が、夕凪《ゆうなぎ》に散っていく。

恐れに支配され背を向けた者と、恐れに立ち向かい足掻《あが》き続けた者。

そのどちらが勝者たるべきか、ギロンを両断した光輪の刃が、問答無用の「答え」であった。


決着。


ガメラ必殺の『火焰旋撃』によって脳天から真っ二つに両断されたギロンの身体が、夥しい鮮血を噴きあがらせ、黄昏《たそがれ》の空を彩った。

そうして鏡合わせの死骸となったギロンの肉塊が、待ち望んでいたであろう海面にようやく着水する。

「ゴァッ……！」

丁度、タイミングを同じくして太陽が沈みきると、ガメラを包んでいた青白の光も消え失せた。

一撃必殺が故の膨大なエネルギー消費。

すでに浮遊どころか、指の一本すら動かせない。

巨大な甲羅はそのまま高度を落とし、ギロンの後を追う様に着水すると、そのまま浮かんでくることはなかった。

＊＊＊

「……おい！　おいボコ！　大丈夫か？　おい！」

意識の向こう。

耳に届いたジョーの呼び声で、ボコは目を覚ました。

目に飛び込んできたのは、安堵を浮かべるジョーの顔。少し目線を移すと、傍には先ほどボコたちが飛び乗ったエレベーターがあった。

緊急制動装置の作動ランプが点滅しているが、ボコにはそれの意味するところが分からない。しかし、生きているということは、あの急降下からなんとか着陸できたのだろう。

ジョーに支えられて立ち上がると、寒いくらいに冷えた空気に気が付いた。

周囲を取り囲む暗闇。湿気《しけ》った、岩肌の放つ匂い。そうして眼前、構造体の放つ青白い光に照らされる巨大なバイラスの亡骸。

空間の中央に鎮座するそれを目の当たりにして、ボコはようやく気がついた。

ボコ、ジョー、ジュンイチ、ブロディの四人は、再び大空洞の底に立っていた。

あの絶体絶命を切り抜けたことは僥倖《ぎょうこう》だったが、好転したとも言えない状況だ。ブロディは、ひどく憔悴《しょうすい》した様子で頭を抱えていた。

「どうすんだよこれ、エレベーターも壊れちまったし……」

狼狽するブロディを眺めながら、ボコの頭は先の戦いの結末を想像する。

満身創痍のガメラは、果たしてあの悪獣を倒すことはできたのだろうか。もし万が一にもやられていたら、この大空洞を抜け出したところで、待っているのは……。

「……ッ！」

そこまで考えしボコは首を振ると、浮かんだ考えを強引に霧散させた。ガメラの敗北など、考慮する必要もない。どのみち絶体絶命だ。やることなんて、考えるまでもなく決まっている。

「……どうにかして上に戻ろう。どっかに脱出できるところがあればいいんだけど」

そう言うとボコは、暗闇を歩き出した。

続く苦境に呆然《ぼうぜん》としていた他の三人も、目を見合わせると、ボコに続いて周囲の状況を探り始める。

そうして、各自散り散りになって少し散策したところで、丁度バイラスの死骸の近くを見て回っていたジュンイチが、声をあげた。

「ちょっと、来てください！　これって……」

慌ててボコ達が駆け寄ると、ジュンイチは怪訝《けげん》そうな顔で、足元を指さした。

積み上げられていた保護ケースが崩れ、中に入っていた青色の結晶があたりに散乱している。

薄ぼんやりと青い光を放つそれに顔を寄せ、ボコが驚き、目を見開く。

「これ、船で見た……」

「オリリウム……ここに運び込まれていたんです。どうしてだろうと思ったんですけど……」

言いにくそうにしながら、ジュンイチは視線をバイラスの方へと移した。

見ると、散乱したオリリウムが、偶然にもバイラスの鎮座する場所へ向かっていくつも転がっている。

「ひっ……！」

そうしてオリリウムの光を浴びたバイラスの皮膚を見て、ブロディは顔を引きつらせた。

黒く乾いた状態だったバイラスの皮膚が、わずかに、しかし確実に再生を始めている。光を浴びている部分以外は黒くしなびたままだが、これが仮に全身にまで及んだとしたら。

その場の全員が背筋を凍りつかせ、言葉を失う。

「と、とにかく急いで逃げよう。なんとか上に……うわっ！」

慌ててその場を離れようとしたボコは、足元に転がったオリリウムの欠片《かけら》を踏み、大きく体勢を崩した。

そうして、勢いよく転倒すると、偶然にも伸ばした右手が、一つのオリリウムに触れる。

「……えっ⁉」

瞬間、空洞内の無骨な岩壁が、音もなく「歪んだ」。

次いで、周囲の景色全てが水に満たされた様に青白い粒子に塗り替えられていく。

「なっ……⁉」

その空間の変調を知覚したのは、ボコだけではなかった。

ジョー、ジュンイチ、ブロディもそれぞれ、予想外の現象を目の当たりにし唖然として立ち尽くしている。

「あ、あぁ……ッ！」

そうして直後、一同の脳内に、不可解な映像が再生される。

それは錯覚でもなく、幻覚でもなく、オリリウムの宿した「真実」の再生。

まるで、起きたまま夢の世界へ飛び込む様な、脳の機能が拡張される様な感覚と共に、ボコたちの全感覚は「オリリウムの記憶」の中へと溶けていった。

第五章　月は無慈悲な夜の女王

『……このバクテリアは極めてユニークな結晶を体内で生成します。この結晶をオリリウムと命名しました』

その言葉は、譬《たと》えるなら過去の出来事を思い浮かべるが如く、自然にボコ達の頭に響き、伝わった。

唐突に訪れた未知の感覚に、ボコ、ジョー、ジュンイチ、ブロディの四人は、驚き顔であたりを見回す。

暗く、ボコ達以外の人間の気配すらなかった地下大空洞に、ホログラムの様な円形議事堂が出現していた。

「どこだよ、ここ……？」

ボコの立つ中央演壇の周囲には階段状に席が並び、特殊な装衣を身にまとった大勢の人間が、冷淡な顔で議論を行っている。

『……総人口二百億を突破した今、議会がなすべきことは明確であろう。人口抑制、食料生産と供給の徹底管理、エネルギー資源開発の促進、人工コロニー建設と移民政策の実現など、総合的かつ俯瞰《ふかん》的に……』

世界史として記録されたどの場所にも、どの時代にも当てはまらないその光景に、ジュンイチは瞠目《どうもく》する。

「この人たち、まさか超古代の……？」

議員達は、各々が席から立ち上がって激しく言葉を交わしているようだが、ボコ達に気づく気配はない。注目した人物の声が、言語の壁を無視して、理解できる言葉となって頭の中に響く。

『では、例の新生命体の使用を具体化すべきかと……』

視線を移すごとに、断片的な言葉が幾重にも重なって、脳の中で混ざり合う。

『人間という生物の問題を、生物で解決するわけです。喰《く》う為の養殖ではなく、喰われる為の養殖とは、何とも皮肉なことですが……』

声の混ざり合いが酷《ひど》くなり、次第に大音響となって溢《あふ》れかえる。ただでさえ三半規管の弱いジョーは、いよいよ表情を歪《ゆが》ませて叫んだ。

「くそっなんなんだよこれ！　耳を押さえても聞こえてくるぞ！」

瞬間、その叫びに呼応する様に、周囲の景色がブラックアウトした。

続けざまに、映像のチャプターを飛ばす様な景色のザッピングが始まり、ボコ達の周囲三百六十度を激しいノイズが埋め尽くす。

「うわッ!?」

「今度はなんですか!?」

ザッピングは長く続かず、次に映されたのは巨大な培養タンクが並ぶ研究施設であった。タンクの中には培養途中の様々な生物達の肉塊が浮かぶ。形が曖昧《あいまい》なものもあれば、すでに成獣の形をしたものもあった。

タンクの手前では顔の見えない研究者風の男が、立ち並ぶ大勢の貴族たちを前に、誇らしげな顔で手を広げている。

続けて男から放たれた言葉に、ボコは耳を疑った。

『これが新生命体……『怪獣』です！』

もはや聞き馴染《なじ》んだその名称。予想だにしない展開に、ボコとジュンイチが目を見合わせる。

「ちょ、ちょっと待って怪獣って……」

「えぇ。もしこれが、本当に超古代の映像だとするなら……怪獣は、作為的に造られた生物だった？」

ジュンイチはそういうと、恐怖と、興奮が入り混じった表情で周囲を見回した。

「やはりギャオス、ジャイガー、ジグラ……それらの特徴を有する幼体が確認できます。信じられない……」

ジュンイチの視線が、中央のひときわ大きい肉塊に注がれる。流線形のフォルムに海洋軟体動物の特徴を有する、不気味な形状。バイラスだ。

その口元からポコポコと吹き出す泡を数えながら、ジュンイチは生唾《なまつば》を飲んだ。

ボコ達のすぐ横には、先ほどの議会にもいた貴族たちの姿もあった。数名の科学者にエスコートされた女性貴族が、怖がりもせず怪獣を前に立つと、冷淡な口調で投げかける。

『それで、この数の個体で十分なのですか？』

主語のないその淡白な質問に、科学者が毅然《きぜん》として応じる。

『えぇ、この怪獣は特定の「コード」さえ摂取すれば、二十四時間以内に増殖を開始し……すぐに地上を埋め尽くします』

ノイズ越しにもその言葉に、ブロディは首をかしげた。

「地上を、埋め尽くす……怪獣が？」

ボコ達が疑念を膨らませる間も無く、貴族たちと科学者との質疑応答は続く。

『して、活動のエネルギー源は？　あの発見された結晶を使うのですか？』

『怪獣自体がオリリウムの生体増殖炉でもあります。核となる微細オリリウム結晶さえあれば、生体炉である怪獣が生きている間、無尽蔵にエネルギーを供給できます』

そういうと科学者は、装衣の内側から水晶のケースに収められた米粒ほどの大きさのオリリウムを取り出し、うっとりと眺めた。

『怪獣たちはこの結晶を糧に無限に増殖を繰り返し……役割を終えた後、自分自身を溶解させます。我々の安全面に関しても抜かりはないということです。つまり……』

すると、科学者の言葉を遮って、女性貴族が歓喜の声をあげた。

『すばらしい。これで忌まわしい文明の痕跡《こんせき》ごと、全て浄化することができるのですね』

『えぇ、そういうことです』

途端、辺りから歓声と拍手が巻き起こり、それが折り重なって再び大音響がエコーする。堪《たま》らずボコ達が耳を塞《ふさ》ぐと、周囲のホログラムが再び切り替わった。

景色が安定するのを待たずに、か細い声が響く。

『……死ぬのは嫌だ』

耳に届いたその声に、ボコはゾッと背筋を凍えさせる。死を前に、力なく放たれた様な、子供の声。それも一人ではない。

『なんで僕らが……』

『助けて、お母さん……』

『どうしてこんな酷いこと……』

ボコ達の眼前に、薄汚れた古代人の子供たちが十人ほど蹲《うずくま》っていた。

慌てて見回すと、ボコ達を含む子供達の周囲は、金細工のように加工された柵《さく》で囲われていた。その外側には、巨大な南京錠。瞬時にボコは「籠《かご》に閉じ込められているのだ」ということを理解した。

「なんだよ、ここ……！　おい出せよ！　おい！」

ジョーが籠をこじ開けようと、拳《こぶし》を振るう。しかし柵を叩《たた》こうとした手はすり抜け、触れることさえ叶《かな》わない。

ボコが背後を見ると、遠方、貴賓席のようなバルコニーに、籠の内を眺める貴族達の姿があった。中央に立つ、先の『研究所』にもいた貴族女性が、愛《いと》おしそうに口を開く。

『彼らは「コード」の保持者。浄化の礎《いしずえ》となる、尊い存在です。謝意を捧《ささ》げましょう』

それを合図に無表情だった貴族達は胸に手を当てると、瞑目《めいもく》し、厳かに口を開いた。

『感謝を』

冷たく、血の通わないその言葉。

それを聞いた子供達が嗚咽《おえつ》を漏らし震え始めると、ボコもゾッと全身を総毛立たせた。

直後、大籠全体に振動が走った。次第に視界が上へと流れていく。吊《つ》られていた籠が降下を始めたのだ。

ボコ達が為《な》す術《すべ》もなく身構えていると、一分もしないうちに籠は床面に着地した。籠の正面には、華美な装飾がなされた異様なほどに巨大な扉が一つ。その向こうから放たれる邪気に、全てを察したボコが大声を張り上げる。

「や、やめろっ……！」

扉が開くと、その奥に続く闇の中から黄金の体色をした異形が顔を覗《のぞ》かせた。ジュルジュルと奇怪な鳴き声を響かせ、何本もの触腕で地面を撫《な》でながら、這《は》いずる様にして迫ってくる。

現れた怪獣「バイラス」を前に、籠の内部は子供達の絶叫で満たされた。

「おい、やべえよ、これ」

「恐らく、私たちは大丈夫です。でも、この子達は……」

腰を抜かすブロディの傍ら、ジュンイチはこれから訪れる惨劇を予感し、目を固く瞑《つぶ》った。ボコとジョーも同様に、苦虫を嚙《か》み潰《つぶ》したような顔をして俯《うつむ》く。

一同はこれが「過去の映像」なのだと、少なからず察していた。声をかけることも、触れることも、何一つできない。

籠をひしゃげさせ侵入した触腕が、一人、また一人と攫《さら》っていく。耳を劈《つんざ》く悲鳴の嵐が、ボコ達の周囲で炸裂《さくれつ》する。目を開けることなど、とてもできない。

早く過ぎ去ってくれと必死に耐えるボコ達だったが、その祈りを裏切るかの様に、悲鳴は一向に収まらない。それどころか、次第に声は数を増し、子供のみならず大人の悲鳴まで混じり始める。

その変調を不自然に感じたボコが、意を決して目を開くと、周囲の風景はすっかり様変わりしていた。


そこは、海沿いの古代都市を見渡す丘の上だった。

下方に望む都市のそこかしこで火が上がり、それらを蹂躙《じゅうりん》する無数の怪獣達が、逃げ惑う人間達を次々に捕食している。

「あ、あ、……あぁあああっ！」

堪らずボコは悲鳴をあげた。まるでギャオスに強襲された新宿を思わせる大火が、夜空を白昼の如く焼き焦がす。しかし、そんな絶望に沈む都市の中心部に。

『ゴアァアァァッ！』

轟《とどろ》く大咆哮《だいほうこう》。業火の中、幾匹もの怪獣を引き裂き、放り、打ち砕く巨獣の姿。

紛れもない、ガメラだ。

多勢を前に一歩も引かない蛮勇の進撃に、ボコ達は思わず拳を握りしめた。

現代と変わらぬ、無敵の「大怪獣」の姿。

ボコの頭に、この『過去回想』の結末がよぎる。

きっと、ガメラが救うのだ。

先の子供達の無念も、大人達の策略も打ち砕き、きっとガメラが脅威を攘《はら》うのだ、と。

そうして興奮に胸を躍らせたボコが、その名前を口に出そうとした次の瞬間。

目の前に映し出されたのは、力尽き絶命した、ガメラの亡骸《なきがら》であった。

「……そ、んな」

その傷だらけの巨軀《きょく》からは、もう、勇ましさは感じられない。静かに、まるで深山幽谷に佇《たたず》む巨岩の様に、ガメラはただ静かに横たわっていた。

「が、ガメラ……！　ガメラぁ！」

過去の映像ということも忘れ、ボコは倒れたガメラへと駆け寄っていく。その体表に深く刻まれた皺《しわ》。閉じた瞼《まぶた》一つとっても、ボコの知っている生き物の、どれよりも大きい。

誰かを守り、戦い、そして変わり果てたガメラの姿を前に、ボコの瞳《ひとみ》に涙が滲《にじ》む。

しかしその時、虚構の空間に、精悍《せいかん》な声が響き渡った。

『死んではならない』

ボコが見ると、横たわるガメラの甲羅を這《は》って登る、傷だらけの科学者の姿があった。小さなオリリウムを特徴的な形の金属ケースに入れて、息も絶え絶えに甲羅の上を進んでいく。

傷だらけの科学者の背後には、血の筋が延々続いており、それを辿《たど》ると、地面には何人もの科学者が、同様に傷だらけで力尽きていた。

やがて科学者は甲羅を登り切ると、愛しい友人に向けるかのような慈愛に満ちた表情で、言った。

『死んではならない。立ち上がるのだ……最後の希望……ガメラ』

オリリウムが鳴動し、金属が擦《こす》れ合うような特徴的な音が周囲に響く。オリリウムが眩《まばゆ》く発光し、あたり一面を純白に染め上げた。

光の中、ボコは目を細めてガメラを見ていた。その巨軀が、オリリウムの光を浴びて生気を取り戻していく。

そうしてガメラの瞼がわずかに動いた瞬間、あたり一面の景色が、再び音もなくブラックアウトした。

「えっ……？」

ボコ達は、再び大空洞の真ん中に立ち尽くしていた。

記憶の再生が終わったのか、と思い至るのも束の間、次いでボコ達は抗《あらが》えない眠気に襲われた。一人、また一人と地面に膝《ひざ》を突き、崩れ落ちていく。

そして、四人が完全に意識を失った頃。

その傍らに不気味にボコ達を見下ろす財団研究員達の姿があった。

＊＊＊

『FSS』（＝Far Side Shelter）もしくは『シェルター』と符丁で呼ばれるそれは、地球からおよそ38万km離れた衛星の裏側、コンプトンクレーターの中央を走る断崖《だんがい》に、極秘の居住区画として建設された。

そこでは、ユースタス財団関係者において最も重要な血筋を持つ真の末裔《まつえい》達と、その家族だけが『選抜者』として暮らしている。

そんなシェルターの中でも、秘中の秘。特に厳重な立ち入り制限がかけられたコンテナユニットの中に、最高幹部である評議員たちの執務室はあった。

暗闇の中、ブゥーンという低い冷却ファンの音と共にリアプロジェクターが起動する。壁面を埋め尽くす三面の大型スクリーンに組織のエンブレムが投影されると、執務室は緑色の投影光でぼんやりと満たされた。

年代物のワインが注がれたグラスの前にいる評議員の一人、アンセルムが「しかし」と前置きし、口を開いた。

「十万年……長い時でしたね……」

プルデンシオか、口元に笑みを浮かべたまま返す。

「再びガメラに邪魔されましたが、想定内でしょう。それで、例の子供を捕食後……怪獣の爆発増殖はいつ頃収束を？」

訊《たず》ねられたウィンストンが無言で、モニターの方を向くよう指をさした。一同がその方を向くと、画面には様々な数字やグラフが記載された、とある「計画」のロードマップが表示される。

「五十億人を食い尽くし、分裂限界から体組織が崩壊するまで、およそ四十日で完了します。予測残存人口は現在の0・00028％……百四十万人ほどでしょうか」

ウィンストンの提示した数字に、ノーラは「あら」と少々意外そうな顔をした。

「想定より若干少なめですが……まぁ十分でしょう」

画像が切り替わり、モニターには3Dで再現されたバイラスの姿が映し出される。

その姿を眺め、評議員の四人は一層表情を朗らかに、うっとりとため息をついた。

「いよいよ、祖先の悲願を達成する時が来ました。さあ皆さん、再生計画の確認を。本当の仕事は浄化の後です」

決意も新たに頷き合う四人の頭上、強化ガラスの向こうに、暗澹《あんたん》とした宇宙の虚空が広がっている。

遠く離れた故郷を肴《さかな》に、四人分のワイングラスが打ち合わされる音が、響いた。

＊＊＊

薄雲が残る空に、十三夜の月が皓々《こうこう》と浮かんでいる。

主要施設の多くが崩壊した与那国島採掘基地の外れ、シャトル発射施設の近くで、瓦礫《がれき》をベンチの代わりにして空を見上げるエミコの姿があった。凄惨《せいさん》な光景が広がる中、佇むエミコの表情は微《かす》かに笑みを浮かべている。

遠くの海鳴りとともに、どこか不吉さを孕《はら》んだ風が渡り、エミコの髪を乱した。髪を直すエミコの指先で、自身の血統を表す紋章が刻まれた、古い指輪が光っていた。

＊＊＊

ギロンの侵攻によって崩壊した与那国島採掘基地が、未《いま》だかろうじて海面に浮いているのは、他ならぬ財団の科学力の賜物《たまもの》と言っても過言ではないだろう。

避難船に乗り遅れた生存者や、あの未曾有《みぞう》の状況下で基地に残る選択をした研究員、警備に当たった米兵らは寄り集まり、比較的被害の少なかった南制御棟のエントランス前広場に集結していた。

未だ各所で負傷者の捜索が続く中、仮設駐屯《ちゅうとん》テントの脇には、発見された遺体が次々と運ばれてくる。

増え続ける死体袋を数えていたタザキは、警備隊長に現場の指揮を任せ、南制御棟の北側へと足を向けた。どこもかしこも、激しい戦闘で倒壊した建物の瓦礫が、山のように積み上げられている。

いくつかの瓦礫を捲《めく》っていたタザキが徐《おもむろ》に顔を上げると、ちょうどボコ達がいたゲストルームの跡地が目に入った。甚大な被害を受けた南制御棟の施設の中でも、特にギロンから執拗《しつよう》な攻撃を受けた形跡が目立つ。

「あいつら……無事なわけないか」

そう言ってあたりを見回すタザキだったが、ボコ達の姿は見当たらない。しばらく自責の念に顔を歪ませていたタザキが諦《あきら》めたように踵《きびす》を返す。しかしその時、ふと、小さな呻《うめ》き声に気がついた。

慌ててその方を見ると、瓦礫の下に見知った研究員の姿があった。

「おい、ダリオ！　大丈夫か！」

駆けつけていくつか瓦礫を退《ど》けると、左腕や脇腹、太腿《ふともも》などに怪我をした、ダリオの姿があった。

「タザキさん……」

「ダリオ……なぜ船に乗らなかった？」

タザキから止血の処置を受けながら、血の気の引いた顔でダリオが答える。

「……ちょっと捜し物があったん……ですよ」

「まったく、無茶をしたな。じきに救援が来るはずだ。立てるか？」

ダリオの肩を担ぎ、タザキが救護班のもとへ戻ろうとしていると、風上から鈴の鳴る様な声が聞こえた。

「あ、ここにいたのね？」

見ると、瓦礫の海に影を伸ばして佇む、エミコの姿があった。まるで自分を捜していたかの様なエミコの口ぶりに、タザキは眉《まゆ》を顰《ひそ》める。

タザキによって瓦礫の中から救出されてからというもの、エミコはしばらくの間、姿を晦《くら》ましていたのだ。

しかし、タザキはそんな疑問を頭の隅に追いやると、顔の横で虫の息を吐いている同僚を優先させた。

「そんなことより……彼の傷の具合を診てくれ。見た感じ腹の怪我が一番……」

タザキが言い終える前に、エミコはダリオの患部を凝視していた。

「うん、大丈夫。内臓は無事よ。それより……」

優しく微笑みかけるエミコだったが、続く言葉にタザキは違和感を、ダリオは戦慄《せんりつ》を覚えた。

「子供たちは？」

「あれから捜していたんだが……まだ見つかっていない」

ダリオの捜し物とは、ボコ達の事であった。自らより子供たちのことを優先するというのは見上げた思いやりだが、タザキはどうも違和感を拭《ぬぐ》えなかった。

ダリオは、どうしてこうも怯《おび》えている？

タザキが訝《いぶか》しげにエミコを眺めていると、エミコのコミュニケータが着信音を響かせた。通話を始めたエミコはパッと明るい表情になり、それを終えると無邪気な表情でタザキに言った。

「地下で子供たちを見つけたそうよ。……タザキさんも来る？」

＊　＊　＊

大空洞内部の岩壁面に沿って、いくつもの観測用プレハブモジュールが横並びで設置されている。その中のひとつ、資材倉庫の床に、寝かされているボコ達の姿があった。

「これは……」

穏やかじゃないその光景を前に、タザキはたじろいだ。

「なにが起きた？　なぜこんな扱いを……？」

タザキが振り向き様に問いかけると、エミコの背後に立つ三人の研究員のうちの一人、メルセゲル号の船長でもあるドーソンが答えた。

「極度の混乱状態にあったんだ。ずいぶんと怯えた様子で、不可解な発言を繰り返してたよ。仕方なく、ガスをつかった」

毅然とドーソンが言い終えると、その横に立っていた研究員ローデリヒが補足を加える。

「どうやらオリリウムに接触したようなんだが、それが原因じゃないかと……」

ジグラ強襲時、あの危機的状況にあってもボコ達はパニックを起こさなかった。それが話も通じないほどに取り乱すとはよっぽどのことだ。タザキが言葉に詰まっていると、何か考えていたエミコが思いついた様に口を開いた。

「オリリウムには解明できていないことが多いけど……意識に干渉するような未知の機能があるのかも……この子達『なにか』に気づいたかも知れないわね」

「気づいた？　どういうことだ」

まるで事情に通じているかの様なエミコの口ぶりに、タザキが言及する。しかしエミコはそれに取り合わず、背後に控えるもう一人の研究員エルッキの方に向き直った。

「それより、検査の詳しい結果は出た？」

「ああ、これだ」

エルッキもエミコの態度になんら違和感を示さず、手にしたカルテを差し出した。

受け取った資料に記された数値を確認すると、エミコは堪らないとばかりに笑みを零《こぼ》した。

「やっぱりこの子だったかぁ。『コード』を持ってる。それもすごいレベルの」

エミコの目が、床に寝転んだボコを見つめる。

「念の為、血液サンプルをもう一度検査して。コードが違っていたら……制御不能になる。その後すぐに『バイラス』の再生プロセスを開始しましょう。準備は……」

「！」

まるで朝食の品目でも確認するかの様に、ごく自然にエミコが「その名」を口にした。あまりに不可解なその言動に、タザキはいよいよエミコに詰め寄った。

「待て……ちょっと待ってくれ！　子供達をどうするつもりだ⁉」

「え、なに？……どうかしたの？」

エミコが、タザキの質問をまるで予想していなかったとばかりに、驚き顔を浮かべた。

そんなエミコの態度も相まって、タザキは一層混乱を深めた様子で、言葉を詰まらせる。理解が追いつかない。先ほどのエミコの発言は、どう考えても看過できないレベルで「異常」だ。子供達をここに連れてきたのは「保護」するためであり「利用」するためではない。だというのに、先ほどの口ぶりではまるで……。

「ここまであいつらを保護してきたのは……まさか……バイラスを復活させるためな

のか？」

確信を突くタサキの質問。

しかし、エミコはいつもの幼さの残る笑みを浮かべながら、無邪気に応じる。

「あれ、タザキさん、子供が嫌いなんでしょう？　あれだけお守りを嫌がってたじゃない」

「そ、そんな問題じゃない!!……どういうつもりだ？　お前ら一体、何が目的なん………」

そこまで言って、タザキは走り始めた口を強引に閉じた。エミコの後方、ドーソンの手が腰に携えた拳銃《けんじゅう》にかけられている。

「……それ以上の質問は命懸けになるけど、どうする？」

背後を振り返るでもなく、ドーソンの挙動を確信した上で、エミコは笑顔でそう告げる。タザキは愕然《がくぜん》としながら口を動かしたが、続く言葉が出てこなかった。

少しの沈黙ののち、エミコはパン、と手を叩くと「そうだ！」と言って指を立てた。

「バイラスの再生の準備に人手がいるの。タザキさん、あなたが上にいる生存者をまとめて、作業を指揮してくれると助かるんだけど、どうかな？」

違う。目の前にいる「エミコ」という名の生き物は、先刻までタザキの記憶の中にいた同名の人物とは、まるで、別人であった。

脳内に響き渡る危険信号が、タザキの口を動かし、

「……断る」

と口にした瞬間、拳銃を握るドーソンの右手が動いた。

しかしタザキはそれに動じるでもなく、戯《おど》けた様に手を上げると、諦めた様に言った。

「……という選択肢はなさそうだな」

それを聞き、エミコが少女のような笑顔を浮かべる。

「さすがの判断力ね！　余計な質問をしないのも好感が持てる」

「だが……条件がある」

そう言うとタザキは左手で髪を撫で付けながら、右手の指を二本立てた。

「月ビジネスに関わる利権の20％だ」

「利権……？」

エミコは、一瞬キョトンとしたあと、ドーソン達と目を合わせて微笑んだ。

「ふふふ、わかったわ」

そう言ってタザキに近寄ると、エミコはそのジャケットのポケットに手をかけ、入っていたネクタイを取り出した。それをタザキの襟首に巻きつけながら、妖艶《ようえん》な笑み

を浮かべて言い放つ。

「あなたのお望み通りに。月なんて、いくらでも好きにすればいい」

そうしてエミコは、ネクタイを自前のピンで留める。先の尖《とが》った財団のエンブレム入りのタイピンだ。暗に、エミコの管理下に置かれたことを示すそれを指でなぞりながら、タザキは訊ねる。

「しかし、なぜ子供たちをバイラスに食わせる？……すべては評議会の指示なのか？」

エミコはクスッと笑って、しかしその瞳に獰猛《どうもう》な野心を滾《たぎ》らせながら、答えた。

「……いいえ。私もあなたと同じで、あのすまし顔の連中が大嫌いなの」

＊　＊　＊

光の届かぬ、月面裏。財団評議会の執務室では、メインスクリーンを眺める評議員四人が、わずかに顔を曇らせていた。

「それはどういう……何かの間違いなのでは？」

プルデンシオの問いかけに、落ち着いた調子でウィンストンが応じる。

「いえ確かです。定期便……過去二回の到着が確認できません」

モニターに、月面基地内の物資状況を網羅した資料が映し出される。メイン倉庫は元より、備蓄保管庫にすら新たな物資の到着は確認できない。地球より低軌道ステーションを経由して送られてくる物資は、財団の科学部が輸送業務を取り仕切っている。先のギロンの強襲があったとはいえ、過去二回に亘《わた》って未完了というのは、考えられない異常事態であった。

考え込むノーラをよそに、他の三人が意見を交わす。

「まさか、意図的に起きたことだ、と？」

そう言ってプルデンシオが怪訝《けげん》な顔をすると、ウィンストンがありえないとばかりに首を振る。

「このコロニーに滞在する千人あまりの人員は、全て五大名家の末裔です。今更裏切りなど……考えられません」

「……ステーションの連中は、確か財団科学部のスタッフですね？」

「……ええ。しかし皆、心理テストも通過していますし……まさか」

二人のやり取りを横目に、アンセルムが口を開く。

「それよりも、残りの水と食料備蓄は？」

「およそ十日……節約すれば二週間は、と言ったところです。バイラスが増殖し、浄化を終えるまでには最低でも一ヶ月……」

指を折るまでもなく、ウィンストンが言うと、アンセルムはやれやれと息を吐いた。

「地球に戻る前に干涸《ひから》びますな……」

しかし、三人の口調はどこか落ち着いていた。それもそのはず、届いていないというのなら「届けろ」と一言命じればいいのだ。幸い備蓄にまで手を出せばまだしばらくの猶予はある。

しかしただ一人、ノーラだけは顔色を悪くして、手元のタブレットを見つめていた。表示されている、財団科学部員のネームリスト。そこに見つけた「一人の名前」を、ノーラは重々しく読み上げた。

「……エミコ・メルキオリ」

その名を聞き、アンセルム、プルデンシオ、ウィンストンの三人は愕然とした。

他の議員たちの視線を受けながら、ノーラは冷たい表情で淡々と言う。

「……この子に踊らされていたのよ。我々全員がね」

＊＊＊

地下大空洞、バイラスの電磁ケージの前に、二十名ほどの生存者たちが集められていた。

現場指揮をとるタザキの背後、クレーンの基底部には、先の強襲で落下、倒壊した貨物が散乱しており、地面に敷設された電源や機器制御の為の電線も、所々が断線している。

「……これらの復旧を急ぐ。以上、説明した通りだ。質問はあるか？」

エミコから仰せつかった業務を毅然と遂行するタザキだったが、集められた人員には非力な研究員や負傷者も多く、訝しげな表情が目立つ。

不満が噴出しそうな気配を察し、タザキは腰を折って付け加えた。

「皆、負傷している中で悪いが、この地下施設の保全は財団の最優先事項なんだ。至急とりかかってくれ」

そうして、しぶしぶ持ち場に着き始める作業員達をタザキが監督していると、背後でプレハブユニットのドアが閉まった。タザキが振り向くと、ダリオが腹を摩《さす》りながら歩いてくるのが見えた。

「寝てなくていいのか？」

タザキが声をかけると、ダリオは苦笑いで「時間が無いですから」と返した。

着替えの余裕もなく、ダリオの服は腹部に大きな血染みを残したままだ。しかし、タザキもダリオの言葉がわからないほど鈍感ではない。

「たいした忠誠心だ。見習わなくちゃな」

そう言ってタザキが歩き始めると、ダリオも後に続いた。

「……聞きましたよタザキさん。我々に協力するそうですね」

「ああ、これからはあらためて仲間だ。よろしくな」

そう、タザキが淡白に返すと、ダリオはどこか憂いのある表情でタザキの首元を見た。

「ふっ……その首輪、似合ってますね」

それを聞き、タザキは自嘲《じちよう》気味にネクタイを締め直す。

「多少窮屈でも受け入れるさ。いずれは月に行くためだ」

「いずれ？……聞いてないんですか？……はは……仲間になれたか疑わしいな」

「どういうことだ？」

歩く二人の足が、自然と人の少ない方へと向く。ダリオはバイラスを顎《あご》でしゃくると、声を落として言う。

「奴の再生手続きを自動制御にした後、我々はシャトルに乗るんですよ。まずは軌道ステーション、それから月です。席は限られてますがね」

そう言って、ダリオの目が懸命に作業に励む者達へと向けられる。タザキは表情を変えずに、調子を合わせて返す。

「自分達は安全な場所に避難するわけか……その席に座りたければ、働けということだな」

「察しがいいですね。さあ、タザキさんも体を動かしてください」

そう言って、瓦礫撤去の現場へ向かおうとするダリオ。今度はタザキが後へ続きながら、戯けて言う。

「こう見えて苦学生でね。学生の頃は肉体労働のアルバイトをよくやってたんだ。知ってるか？　意外に金がいいんだよ」

「それは、頼もしい。……どうしました？」

不意に、タザキが足を止める。振り返ったダリオは、タザキのそのシリアスな表情に、眉をひそめた。

先程までの飄々《ひょうひょう》とした雰囲気を捨て、ダリオの目を見つめると、タザキは訊《き》いた。

「なあダリオ……君の席は保証されているのか？」

＊　＊　＊

眩《まぶ》しすぎるくらいの陽気が、あたり一面に生い茂った木々の葉を照らしている。とりわけ大きな木の根元、そこに開いたウロの中に、小さな隠れ家があった。

「まだかよ？　ジュンイチ」

隠れ家の中では、ジュンイチがバッテリーや変圧器を次々と配線で繋《つな》いでいる。樹上に針金で固定されたアンテナから延びたケーブルが、テーブルに置かれた固定無線機へと、徐々に、接続されていく。

「……よし、準備できました！　電源……入れますよ」

ジュンイチが、カチッとスイッチを入れると、無線機の電源ランプが点灯した。通電を喜ぶのもつかの間、ジュンイチはダイヤルをまわして、周波数を設定する。

「さ、どうぞ、話してください？」

そう言われてジュンイチからマイクを受け取る。

待ち望んでいたものの、いざ話せと言われると、うまく頭が回らない。

「えっと、なんて言うんだっけか？」

「『ミッション・コントロール』」

モタモタしていると、ジュンイチが呆れた様子で助け舟を出してくれた。

「あ、それそれ」

そうして、マイクに顔を寄せ、送信ボタンを押す。

「ミッション・コントロール。こちらジョー。応答せよ」

無事に、言葉は届いただろうか。わからない。

＊＊＊

ガシャン！　と、自転車のスタンドを撥ね上げる音が、夕暮れの路地に反響する。

「準備いいか？」

「う、うん……」

「……いくぞ！」

掛け声と共に、手をかけたリアキャリアに、一気に力を込める。

それをぐん、と押すと、走り始めた自転車がカラカラと音を鳴らし、徐々に速度を上げていく。

「よし！　離すぞ！」

「うっ……わ、わわ」

「いいから、こげ！……こいでりゃあ倒れねえ！」

よろめきながらも、少しずつ前へ進んでいく。小さな背中が、さらに小さくなって、遠くへ向かっていく。

「行け！　大丈夫だ！　あきらめんな！　絶対あきらめん――」

＊＊＊

「っ……！」

資材倉庫に幽閉されていたジョーは、冷たい床の感触と共に意識を取り戻した。

戸惑いながら上体を起こす。見回してみても、景色に見覚えはない。

疑問に思っていると、ふと、両眼から溢れ出る涙に気がついた。

「……あれ？　俺、何で……泣いて……」

泣きながら目を覚ますなんて、母と弟が死んでからというもの、暫《しばら》くなかったことだった。不思議に思うのも束の間、ジョーは傍に横たわるボコたちに気がつくと、大声をあげた。

「おい！……お前ら！　起きろって！」

ジョーに揺すられて、三人はそれぞれに寝言を吐きながら目を覚ました。

そうして同じ様に辺りの異変に気がつくと、ほぼ同時に勢いよく起き上がり、声を揃えて叫んだ。

「ここ、どこ⁉」

困惑する三人を順に見つめながら、ジョーが苦々しい顔で言う。

「財団のやつらに眠らされたんだ。くそ、油断した……」

立ち上がり、ジョーは備え付けられたドアへと近づいた。しかし、予想通り、内側から開けられる様な構造にはなっていない。ジョーは力なく笑うと、その場に座り込んだ。

「まただ……また閉じ込められてらぁ」

顔を青くするボコとブロディの傍ら、ジュンイチは何やら真剣に考え込んでいた。気づいたボコが、おそらく「あのこと」だろうと予想をつけて、語りかける。

「……さっきのやつだよね。オリリウムのそばで見た、アレ」

ボコが言うと、ジュンイチは神妙な面持ちで頷いた。

「もしかすると……オリリウムが、記憶装置のような機能をもってるのかも知れません。あれが……大昔にあった……全部本当の事だとしたら……」

『怪獣』を作った人々。

『コード』と呼ばれる因子を持つ子供たち。

それを食べさせ、増殖した怪獣によって世界を蹂躙する計画……。

「俺らが閉じ込められてる理由がわかってきたぜ……」

ジョーはそう言うと、ゴクリと生唾を飲み込んだ。

「理由、というと？　財団と先ほどの超古代人との間に何か繋がりが？」

珍しく察しの悪いジュンイチに、ジョーは「気づかなかったのかよ」と毒吐きながら、勿体《もったい》ぶらずに告げた。

「記憶の中で見たアイツらの服のマーク。……財団のマークとそっくりだ」

一同が、ゾッと顔を見合わせる。全ての点が、線で繋がってしまった。執拗に思えた財団のケアも、自分たちが怪獣に襲われ続ける理由も、検査のことやゲストルームに幽閉されたことでさえ……。

ボコ達が言葉を失っていると、不意に資材倉庫の外に、硬質な足音が響いた。

「……ッ!?　静かにしろ！　誰か来る！」

直後、ドアの前で足音が止まり、静かにカギが開けられた。

続いてドアが開くと、酷くくたびれた様子のタザキが、顔を覗かせた。

「やっと起きたのか。心配したぞ」

そう言うと、タザキはボコ達と初めて会った時と同じように、笑顔を作った。

「……俺らに近づくな」

瞬間、距離を詰めようとするタザキの前に、ジョーが立ちふさがる。

「……何か勘違いしてないか？　研究員たちがガスを使ったのは、お前らが暴れたからと聞いてるぞ……」

謂《いわ》れのない非難に、ブロディがカッとなって大声を上げる。

「はっ、よく言うぜ！　俺たちは大昔の記憶を見てたんだ！　そしたら、いきなり財団のやつらが……」

説明に困り、ブロディは言い淀んだが、タザキはそれを真に受けたかの様に真剣な表情を作った。

「大昔の記憶？　オリリウムが、意識に干渉するとかいう話か……」

「とにかく、俺らは怪獣になんかに食われねえ！　世界もめちゃくちゃにさせねえ！」

興奮も露《あら》わに反論するブロディに、ジュンイチが補足する。

「よくわかりませんが、特定の子供を食べると怪獣がものすごい増えて……その、世界中の人間を食べつくしてしまうんです」

ジュンイチが言い終えると、タザキは態《わざ》とらしくため息を吐いた。

「……そんなこと妄想だ。悪いが、ガキの戯言《たわごと》には付き合ってられん」

取り合おうとしない態度を見せるタザキに、ジュンイチが縋《すが》り付く。

「今ならまだ、止められるかもしれません！　せめて、エミコさんに会わせてください。あの人ならこんなこと許すはずが……」

そう、涙目で懇願するジュンイチを払い除《の》けると、タザキは憮然《ぶぜん》とした態度で言い放つ。

「エミコくんは、財団の最高幹部ノーラ・メルキオリの親族だ。財団の計画は全て、彼女の一族が動かしている……仮にお前らの言う様な計画が実在するとして、エミコくんを当てにできると思うか？」

「そん……な……」

タザキの語った無慈悲な真実に、ジュンイチは絶望の表情を浮かべ、糸が切れた様に沈黙した。駆り寄ったブロディが、怒り心頭の形相でタザキを睨《にら》みつけるも、タザキはどこ吹く風でネクタイを直している。

そうして、些細《ささい》なことを思い出したとばかりに、言い捨てた。

「あぁ、あとな。ついさっき人事異動があったんだが、エミコくんは私の上司になったよ。この後、お前らをバイラスの前に移動するよう言われているが……その結果、お前達が食われるのかどうかは解らん。私の知ったことではない。そういう指示が上司からあったので、実行するだけだ」

ボコの脳裏に、黄金色の触腕が次々と子供を平らげる様が浮かぶ。

途端にこみ上げた吐き気を抑える様に口を押さえるボコを、タザキは一瞥《いちべつ》すると、言葉もかけずに踵を返した。

「……大人ってのは可哀想だな。仕事ならなんでもやんのかよ？」

ジョーの一言がドアに手をかけたタザキの動きを止める。

タザキは冷めた様子で振り返ると、声を低くして言い放った。

「……仲間を守ろうとする気概は認める。だがな、ひとつ大事なことを忘れてるぞ」

タザキの指が、わずかに緩んだネクタイをきつく締め直す。

「お前はただのガキだ。たしか……母親と弟が死んでたな？　その時と同じだよ。ガキのお前が誰かを守るなんて、偉そうな……」

人の心を踏みにじる様な、最低の言葉に、ジョーが拳を握りしめる。

しかし、直後タザキに向かって飛びかかったのは、ジョーではなく、ボコであった。

「あぁあああぁっ！」

ボコが握った小さな拳を、タザキの腹に何度もお見舞いする。しかし、その一撃は悲しいくらいに軽かった。

「あんたなんかに……あんたなんかに！　ジョーの何がわかんだよ！」

大粒の涙をこぼしながら必死に殴り続けるボコだったが、タザキは表情一つ変えずに払い除ける。直後、タザキは床に転がったボコをゴミを見る様な目で睨むと、吐き捨てた。

「……バカが、だからガキは嫌いなんだ」

タザキが立ち去ると、資材倉庫に暫しの沈黙が訪れた。

その後四人分の啜り泣く声が響いたが、その声を聞くものは、一人もいなかった。

＊　＊　＊

クレーン周辺の瓦礫撤去が終わり、電源ケーブルなどの復旧が終わると、バイラスの周囲にある観察用のキャットウォークやサーチライトが点灯し、大空洞の底面は仄《ほの》かに明るさを取り戻した。

一方シャトル発射施設の管制塔では、監視カメラ越しにその様子を眺めるエミコ達が、シャトルの発射準備を進めていた。

監視カメラの向こう、せっせと散らばったオリリウム片を集めているタザキとダリオを眺めながら、エミコが無邪気に笑う。

「ふふ、タザキさん、役に立つわね。ステーション制圧後もスタッフ管理を頑張ってもらおうっと」

「なるほど……それで奴を始末しなかったのか。……で、ダリオはどうするんだ？」

コンソール前に座るドーソンが言うと、その後ろでエミコが唇に指をあて「ん〜」と考える素ぶりをする。しかし直後、にっこりと笑みを浮かべると、言い放った。

「ダリオは置いていくわ。……あの怪我だもの。足手まといになるでしょう？」

エミコの血の通わない言葉に、流石のドーソンも動揺に目を泳がせた。

それを察したエミコが、キョトンとして、訊ねる。

「あれ、都合が悪い？」

「い、いや！……あらゆる支障の可能性は排除すべきだ」

ドーソンの期待通りの返答に、エミコは満足げに頷いた。

「よし、あとは準備が出来次第、子供達をケージに入れて……。そうだ、液体燃料の注入は？」

「順調だ。もうすぐ終わる」

エルッキはそう言って、窓の向こう、発射準備前のシャトルに目をやった。機体の下方、液体燃料が注入されたブースターからは白い煙が垂れている。

一同のやり取りを聞いていたのか、シャトル内で整備を続けていたローデリヒからも通信が飛ぶ。

「こちらローデリヒ。シャトルの制御システム、全て正常を確認」

エミコが応答する。

「自動操縦は問題ない？」

「あぁ。なにせ、いつも通りの低軌道ステーションまでの輸送コースだからな」

全てが十全、予定通りだ。

エミコは笑顔のまま通信を切ると、卓前に座るドーソンとエルッキに告げた。

「あとは、バイソスの再生手続きを残すのみ、ね。ふふ、順調順調」

まるで女学生が自由研究でも進めているかの様な態度で、上機嫌に髪をクルクルといじるエミコに、ドーソンが気まずそうにしながら問いかける。

「しかし、本当にいいのか？　これで評議会の連中は完全に敵だ……」

「あら？　ノーリ叔母《おば》様がどんな方法で当主になったかは、あなたたちも知ってるでしょ？」

エミコが言うと、ドーソンとエルッキは表情を曇らせ、それ以上は何も言わなかった。

エミコは、ふらりとシャトルを望む窓際へと足を向け、夜空を見上げた。すっかり昇りきった月に手のひらを翳《かざ》すと、指輪をいじりながら、独り言《ご》つ。

「……今は月面旅行を楽しめばいい。そして、そこで朽ち果てるの」

＊＊＊

資材倉庫内は、暗澹たる空気に満ちていた。

端に座り込み、うな垂れているボコが、泣きはらした目を手にしたコミュニケータに向ける。

「……バカみたいだ。こんなの貰ってイイ気になって……街を守る、とか。ジョーは、何度も止めてくれたのにな」

その言葉に、ジョーは目だけでボコを見るが、何も言うことができない。

するとブロディが、ボコに続く形で、口を開いた。

「俺だって、親父に認められたくて、自警団とかいって調子にのって……みんなを巻き込んじまった……」

「私もです……船に乗ろうと言ったのは私ですから……」

ジュンイチも続くと、それを最後に再び沈黙が訪れた。目に涙を溜《た》め、黙りこくる三人を順に見て、徐にジョーが立ち上がった。

「ボコのせいでも、お前らのせいでもねえよ……」

「ジョー……」

ボコが顔を上げると、ジョーはふん、と鼻息荒く宣《のたま》う。

「大丈夫だ！　俺がぜってぇ、何とかする」

ジョーの空元気に、ジュンイチも笑みを作ろうとするが、あまりにどうしようもない現状だ。どうも調子が上がらない。

「そうは言ってもこの状況では……」

ジュンイチがそう言って肩を落とした時。

ジョーの目が、ジュンイチの背後に転がる何かを見つけた。

見ると、床にタザキのネクタイを留めていたタイピンが転がっている。恐らく、ボコが殴りかかった時に衝撃で外れたのだろう。

それを手に取ったジョーは、何か思いついたとばかりに、グッと拳を握りしめた。

＊　＊　＊

「ここに入れるんですよ。あの子供らを……」

大空洞底部、クレーン付近に、金細工があしらわれた厳かな大籠が設置されている。エミコからの指示を片付けたダリオとタザキは、場違いに大仰なそれを呆然《ぼうぜん》と眺めていた。

「ずいぶんクラシカルな形だな」

「古代の伝承に基づいた形らしいです」

ダリオの言葉に、タザキは思わず自嘲的な笑みを作って言う。

「伝承……か。ますますあのガキどもの言う通りだな」

二人が大籠を前に立ち尽くしていると、大籠越しに、悠々と歩くエミコ達の姿が見えた。

徐にタザキがネクタイを直し「首尾はどうだ」と声をかけると、エミコは「上々よ」と言って笑った。そうしてタザキの面前に立つなり、辺りを見回しながらエミコが訊ねる。

「手伝ってくれた生存者たちは？」

「地上、南中央港だ。指示通り、そこで救護船を待つようにさせた」

「さすがね。手際がいいわタザキさん。ダリオは……傷は平気なの？」

心配そうに声をかけるエミコに対して、ダリオは快調を取り繕って答える。

「鎮痛剤を飲んでる。別段作業に支障はない」

「そう、それはよかった」

明るく、しかしなぜか底知れぬ冷たさを湛《たた》えたエミコの声色に、タザキの表情が僅《わず》かに曇る。タザキの内心を知ってか知らずか、エミコはタザキに向かって再び笑顔を投げかけると、調子を変えずに告げた。

「じゃあ、始めるわ。それぞれ、持ち場について」

＊　＊　＊

大空洞に備え付けられた超大型クレーンが、ウィンチの音を唸《うな》り声の様に響かせる。

空洞内壁面部に構えられたプレハブ製の操作室内では、ローデリヒたちが額に汗を滲ませながら、慎重にコンソールを操作していた。

一同が視線を注ぐクレーンのフックには、タザキ達が収集したオリリウムを格納した、巨大なカプセルケースが吊り下げられている。

「……電磁シールド、出力低下。50％へ」

ローデリヒの言葉と同時に、バイラスの周囲に張り巡らされた電磁シールドの光がジジジ、と音を立てて弱まっていく。

「オリリウムを降下させるぞ」

「慎重にね。なるべく距離を保って」

クレーンを操作するエルッキの背後、エミコが緊張した面持ちで指示を飛ばす。

その大きさに見合わない極めてゆっくりとした挙動で、クレーンがオリリウムを降下させていくと、青い光が照射された部分のバイラスの体表が、徐々に活きた色を取り戻し始めた。

「オリリウムの照度および脈動反応20%増加」

「バイラスの生体反応！」

ドーソン達の報告を受けて、エミコがモニターを注視する。

オリリウム光を浴びたバイラスの皮膚は変色から変質へと状態が進行し、モコモコと蠢《うごめ》き始めていた。目を細めて、エミコが言う。

「再生速度は？」

「毎分1.2%。このペースなら一時間もすれば自律行動を開始するぞ」

ローデリヒの言葉に、エミコはわずかに口角を上げた。

「悪く無いわね。クレーンを一旦《いったん》停止」

「了解」

そうしてコミュニケータを手に取ると、エミコは通信を始めた。

「……さあ、タザキさん、もう一仕事よ」

＊＊＊

バイラスの電磁シールドを取り囲むように建てられたキャットウォークの上に、恐怖で脂汗をかきながら生体サンプルケースを運ぶ、タザキとダリオの姿があった。

「まさか、命がけで運んでいたサンプルが、こんな使い方をされるとは……」

「はぁ、はぁ、くそ、なんで俺まで……」

文句を垂れながらいくつかケースを運んだところで、タザキの着けていたインカムにエミコからの通信が入った。

「タザキさん？　聞こえる？」

「ああ、聞こえる」

「合図したら生体サンプルを落として。必ずひとつずつでお願いね」

エミコの指示を受け、キャットウォークの中心部に立ったタザキは直下を覗き込んだ。

オリリウムの光を受け、黒く変色していたバイラスの皮膚は、本来の鮮やかな黄金色を取り戻しつつある。

渇いた喉《のど》に生唾を飲み込み、ダリオに向き直ると、意を決してタザキは言う。

「よし、始めるぞ」

慎重に生体サンプルケースを持ち上げ、キャットウォークの端へとにじり寄る。

タザキのインカムに、エミコの慎重な合図が届く。

「……まずひとつ」

声を合図に落とされたケースが、バイラスの欠損した部位に落ちると、突然その周囲の体表がボコボコと変質し始めた。

「……ッ！」

陥没する体表にケースが砕かれ、生体サンプルが吸収されると、その部位に毛細血管のようなプラズマが奔《はし》った。

次第にそれは厚い皮の奥に葉脈の様に張り巡らされ、欠損していたはずの部位をみるみるうちに再生させていく。

唖然として見つめるタザキを察してか、エミコから解説が飛んだ。

「怪獣は共食いによって、生体組織を活性化させる。損傷が激しい時には特に有効なの」

「なるほど。そうして完全体になったこいつが、人類を……食い尽くすっていうことか」

タザキの軽口に、エミコも軽い口調で反応する。

「あら？　それ、子供たちから聞いたの？」

しまった、とばかりに言葉を詰まらせるタザキだったが、一方のエミコはフフッと笑って、穏やかな口調で言った。

「すべてを食い尽くしたりはしないから安心して。選ばれた者は生き残る。十万年前はね……残念ながら失敗だったの。でも、今度こそ上手《うま》くやるわ」

そうしてタザキ達は、次々にサンプルケースを放り投げた。その全てを吸収、消化し、バイラスは恐るべき速度で生体機能を取り戻していく。

最後の一個を投げ入れたころには、黒ずんでいた体表のおおよそ全てが、本来の黄金色へと変貌《へんぼう》していた。

「……ッ！」

十万年もの間、瞑目していたバイラスの目がゆっくりと開き、凄《すさ》まじい悪意が解き放たれる。

「ついに、眠りから覚めるわ。ヘムデンを一時間で焦土にした黄金色の悪魔が……」

観測室から眺めていたエミコは、恍惚《こうこつ》の表情で忘却された古《いにしえ》の都市の名を呟《つぶや》いた。

そうしてコミュニケータを口元に当てると、タザキに向かい、最後の指示を与える。

「……タザキさん、子供たちを連れてきて」

＊＊＊

月面、評議会の執務室は静寂に包まれていた。

薄暗い部屋の中では、ノーラが一人テーブルの上で手を組み、俯いている。

不意にメインモニターに「受信」という簡潔なメッセージが表示され、ビデオ通信が始まった。画面に映し出されたその顔を見て、ノーラが特に感情も込めずに、言う。

「……もう話せないかと思っていたわ」

「叔母様には、ちゃんとサヨナラを言いたいから」

モニターに映し出されたエミコは極めて穏やかな、それでいて残忍な笑顔を浮かべる。対照的に、ノーラは冷たくエミコを睨みつけると、憤りも隠さずに問いかけた。

「やっぱり、あなたの仕業ね」

「ええ。軌道ステーションは押さえてる。そちらの食料はあと一週間……頑張って節約しても二週間かしら？」

「……エミコ、今からでも遅くないわよ」

ノーラが威圧するも、エミコはキョトンとして取り合わない。

「あら、命乞《いのちご》い？」

「いいえ、地球全体のことを考えて、言っているの」

その言葉に、笑顔ばかりだったエミコは初めて、冷血な表情を作った。奇《く》しくも、ノーラの放つそれと同質の威圧感を放ちながら、エミコが吐く。

「呆れた……まだ地球に帰れると思ってるの？」

エミコの嘲りに対してノーラは淡々と続ける。

「バイラスは他の怪獣と違う。伝承者の血脈であるあなたなら、誰よりも知っているはずね。場合によれば……地球には、永遠に人類が住めなくなる」

エミコの表情が、あからさまに歪んだ。科学者としての矜持《きょうじ》、そしてノーラの放った『伝承者』という言葉が、揺らぐはずのない心を僅かに動揺させる。

かつて父や母がそうされたように、この女に翻弄《ほんろう》される自分では無い。

そう、心中で唱え、エミコは平静を装って言葉を返す。

「ご心配なく、バイラスを暴走させた要因はもうつきとめたの。叔母様にも報告したはずよ」

「そのコードを私たちがまた書き換えたとしたら？」

「……ふっ……さすがね叔母様。交渉が上手い。でも今更そんなはったりは見苦しいわ。私はね……母とは違うの。叔母様に籠絡《ろうらく》され、易々と当主の座を奪われるような母とはね」

エミコの言葉に、少しも調子を変えることなく、ノーラが被《かぶ》せる。

「……なにか誤解があるようね。姉さんが死んだのは私のせいでは……」

瞬間、執務室にエミコの怒声が響き渡った。

「黙れ!!」

「っ……!」

「貴様がやったことは五大名家の貴族として、何よりも唾棄《だき》すべき行為だ。今更、そんな戯論《けろん》を……!」

格調高くも有無を言わせぬエミコの気魄《きはく》に、ノーラからは最早《もはや》、一つの言葉も出なかった。僅かな間をおいて、エミコは自身の感情を押し殺したように無表情を繕うと、最後の言葉を口にした。

「サヨナラを言う気だったけど、もうそんな気も失《う》せた。そこで、ゆっくり、惨めに、死んで?」

映像が途切れると、再び執務室のモニターには財団のエンブレムが表示された。

ノーラは無表情のまま、通話の前と変わらぬ格好で、再び手を組んで俯いた。

＊　＊　＊

資材倉庫前の階段を、両手を結束バンドで拘束されたボコ達が列になって下りていく。

殿《しんがり》に続くタザキの表情には温度がなく、その感情は読み取れない。

階段を下り切り、一分ほど行進を続けたところで、先頭を進むダリオの足が止まった。

ボコ達の見つめる先、不気味に蠢くバイラスの手前に場違いに朗らかな笑みを浮かべるエミコの姿があった。

「みんな、よくきてくれたわね」

エミコの放つ「無邪気な邪気」に、ボコ達は一様に後ずさった。言葉を交わさずとも、確信する。目の前の人間は、少女の様にあどけなく笑う「味方だった人間」ではない。

ボコ達の心中を察してか、エミコは落ち着いた調子を少しも崩さずに、友好的に語り始める。

「あなたたちに出会えたこと、心から感謝してる。君達は人類史において、とても重要な役割を果たすの。次の千年……私たちの子孫が語りつぐわ。この尊い犠牲に感謝を」

一方的なエミコの言い草に、ボコ達は静かに目つきを鋭くさせる。

それを気にもかけず、背後に立つドーソンたちは胸に手を当てると、一様にあの言葉を復唱した。

『感謝を』

オリリウムの記憶に見た、太古の光景とまさしく同じその所作に、ボコ達は身震いをする。エミコの背後、蠢き続けるバイラス。視界の隅に見える、金細工の施された籠の様な装置。確認するまでもなく、状況は理解に難くなかった。

するとと、俯いていたジュンイチが不意に顔を上げ、口を開いた。

「エミコさん……友だちだって言いましたよね？」

突然の投げかけにエミコは目を丸くし、直後、心底嬉《うれ》しそうにして応じた。

「ええ。あなたはとても頭が良いもの、仲良くなれそうな気がしたの」

そうやって話すエミコは、ジュンイチの記憶の中に住まうエミコと、少しも違わなかった。故に、ジュンイチは混乱してしまう。

「だったら、どうしてこんなことを……」

エミコは変わってしまったのではない。ジュンイチが見ていたエミコこそ、偽りの姿だったのだ。そんなことはわかっている。わかってしまうからこそ、どうしても遣《や》り切れなかった。

「……じゃあ、一緒に来る？」

エミコの、思わぬ提案に、ジュンイチの目が見開かれる。

「え……」

「シャトルの席はまだあるわ」

そうして、ジュンイチの幻想は、憧《あこが》れたエミコという存在は、その言葉によって打ち砕かれた。

エミコはそんなことを言わない。友だちを捨て、付いて来いなどと、絶対に。

「……結構です」

「なぜ？……友だちでしょ？」

ジュンイチの眼前「エミコ」だった「何か」が、笑顔で言う。ジュンイチは涙を滲ませながら、声を張り上げた。

「私は！　ボコやジョーやブロディさんと……一緒にいます！」

そうしてボコ達も気が付いた。ジュンイチは「吹っ切ろう」としているのだ。その気持ちを後押しする様に、一人ずつ、口を開く。

「ああ、俺たちはずっと一緒だ！」

ボコが言うと、ジョーも乗っかる。

「なにせ本当の友だちだからな！」

そうしてブロディがエミコを真っ向から睨みつけ、言い放った。

「テメェなんかと一緒にすんな！」


すると、エミコは柄にもなく寂しそうな顔をして、俯いた。

「結局、私に友だちはいないわけか……」

ボコ達には……いや、その場にいた誰しもが、その言葉の意味を理解することはできなかった。直後、エミコはいつもの幼げな笑みを取り戻すと、ローデリヒに訊ねる。

「再生率は？」

すぐにその言葉の意味を察し、ローデリヒは手元の端末を確認する。

「42％。早ければ、あと二十分ほどで自律運動し始めるはず」

その言葉を受けて、エミコは背後に聳《そび》えるバイラスを見上げた。黄金色の身体は、すでに身動《みじろ》ぎを始めている。覚醒《かくせい》まで、残す工程は、あと一つ。

「子供たちをケージに」

エミコの合図でローデリヒとドーソンがケージの扉を開けると、拳銃を抜いたエルッキがボコ達に向かって顎で指示を飛ばす。

「行け」

しかし、先頭に立つボコは足を進めず、代わりにエミコを睨みつけながら言った。

「たとえ俺たちを食わせたって、思い通りにはならないからな」

両手の自由を奪われ、武器も持たず、なおも勝気なボコをクスクスと笑うと、エミコは意地悪く問いかけた。

「随分と自信があるのね。何が根拠なの？」

「……決まってるだろ」

瞬間、ジョー、ジュンイチ、ブロディが視線を飛ばし合う。そうしてボコの口が、あの言葉を……合図の言葉を、言い放った。

「ガメラだ！」


その言葉と同時に、空洞内にエルッキの叫び声が響き渡った。

「ぐぁあああっ！」

エミコが見ると、エルッキの大腿部《だいたいぶ》は血で染まっていた。その傍らに立ったジョーの手から「先の尖ったタイピン」が放り投げられる。

瞬間、ボコ達は火が着いた様に、一斉に駆け出した。小さな歩幅をものともしない、全力のスプリント。一瞬でトップスピードになると、あっという間に遠ざかっていく。

思わぬ反撃に、笑顔に徹していたエミコの表情が凍りつく。しかし、瞬時に思考を切り替えると、声を張り上げた。

「タザキさん！」

言うが早いか、駆け出したタザキが、同じく大声で応じる。

「すぐに捕まえる！」

走るボコ達とタザキを目で追いながら、エミコが苦々しい表情を浮かべる。

「今更どこに逃げるというのよ……」

そう言って背後を振り返ると、エミコはドーソンとローデリヒに目配せし、指示を飛ばす。

「殺したらコードの意味が無くなる。絶対に殺さないで……追って！」

＊＊＊

全力で、それこそ言葉通りの「死に物狂い」で疾走するボコ達の背後で、タザキの声が響く。

「おい！　お前ら！」

裏切り者の……、追っ手の声だ。

当然の様に振り返ることなく、駆けていくボコ達に、続けざまに声が飛ぶ。

「走れ！　エレベーターまで走るんだ！」

その言葉に、驚いたボコ達は全員同時に振り向いた。タザキは「敵」だ。逃げる相手に走れなどと、言うわけがない。しかし、背後のタザキはハンドジェスチャーで「いけ！　いけ！」と必死に繰り返している。

訳もわからないままボコ達が前方に向き直ると、ちょうど100ｍほど先のところに、ドアが開いたままになっているエレベーターが見えた。

息も絶え絶えのタザキは、やけくそに空気を肺に送り込むと、声を響かせた。

「おい！　ダリオ！　今だ！」

エレベーター前に立っていたダリオはその声に頷くと、手にしたスイッチを押下した。

それは、手製の「起爆スイッチ」。タザキと共に復旧作業に努めるふりをしながら、至るところに仕込んでいた爆薬を、炸裂させるための代物だった。

スイッチから電波が発されると、瞬間、至る所から凄まじい爆音が轟いた。作業員の必死の作業によって復旧した電源類はエレベーター部を除いて悉《ことごと》くショートし、大空洞が暗闇に包まれる。

続けざまに、エレベーター通路の手前に構えられた大型資材ラックが崩落。タザキが駆け抜けた直後の通路に雪崩れ込んだ瓦礫の山が、ちょうどそこへ走りこんできたドーソンとローデリヒの進路を塞いだ。

薄闇の中で混乱状態のボコ達を手招きしながら、ダリオが叫ぶ。

「タザキさんも!! 早くしてください!!」

「わかっ……てる……!!」

ボコ達もろともタザキがエレベーターに飛び込むと、エレベーターが上昇を始めた。

ボコは全身で息をしながら、グロッキーになっているタザキに訊ねる。

「なんで……助けたの?」

タザキはゼエゼエと息を整えながら、今度は確かにボコの目を見据えて、応えた。

「お前らは……俺の、切り札だからだ」

＊　＊　＊

タザキとダリオによる停電工作から、僅か数分後。

先行したドーソンとローデリヒを追って、エミコはエレベーター乗り場へと到着していた。

頭上、大空洞の壁面を滑る様に上昇していくエレベーターを睨みながら、エミコが嫌悪も露わに吐き捨てる。

「……やってくれるわね」

エミコの傍らでは、ローデリヒが必死の形相で破壊されたエレベーターの操作パネルを修繕している。二機あるエレベーターのうち、片方を使用不能にすることで時間稼ぎをしようというダリオの妨害工作だ。先の爆破といい、あまりにも手際が良すぎる。

まんまと見事な足止めを食ったエミコの顔に、焦燥の色が浮かぶ。タザキの謀反《むほん》は警戒していたが、まさかダリオまで懐柔していようとは、予想外だった。

「……ねぇ、復旧はまだ⁉」

「あ、あと二分くれ！」

エミコが修理作業を続けるローデリヒを急《せ》かしていると、遥《はる》か後方、二人の背後でドーソンの声が響いた。

「おいエルッキ！　何やってる！　早くしろ！」

「待ってくれ、膝《ひざ》が動かないんだ！」

崩落したプレハブユニットの瓦礫のあたりで、エルッキは脂汗を垂れ流しながら、もたもたと進んでいた。ジョーにタイピンを突き立てられた大腿部の怪我が効いているらしく、小さな瓦礫一つ越えるごとに、エルッキの口からは呻き声が漏れる。

当のエルッキはもちろん、ドーソンも焦っていた。チラチラと、遠くに立つエミコの様子を窺う。

エミコの気分屋には大概辟易《へきえき》していたが、逆らえよう筈もない。今でこそ少数精鋭で動いてはいるが、このまま地球での作戦を終え、予定通りステーションにたどり着くことができたなら、間違いなく財団の実質的支配者となるのはエミコだろう。

血統を重んじる組織において「メルキオリ」の持つ威光はそれほどに絶大だ。ドーソンの額に、プツプツと冷や汗が滲む。ここでエミコの機嫌を損なうことだけは、絶対に避けなくては……。

「……ん？」

すると、祈る様にエルッキを見つめていたドーソンの視界に、不可思議なものが映り込んだ。エルッキの背後、空洞内の暗闇を、何かが飛んでいる。

それがなんなのか、一瞬理解するのに時間を要したドーソンだったが、それの正体に気づいた瞬間、大声をあげた。

「あああぁあっ‼」

直後、空洞壁面に叩きつけられたカプセルケースが、けたたましい音を立てて砕け散った。ケースの内部に入っていたはずのオリリウムは、一欠片《かけら》も見当たらない。

バイラスの上空に、わずかな接触も許すまいとして慎重に吊られていたオリリウムが一つ残らず無くなり、そのケースが放り投げられている。振り返ったエルッキも、それの意味するところがわからないほど、愚鈍ではなかった。

ドーソン同様、叫び声を上げようとしたエルッキの眼前に、恐ろしい速度で黄金色の触腕が迫る。

細かい牙《きば》が無数に生え揃う、ヤツメウナギの口腔《こうこう》の様になった触腕の先端。それがバイラスの捕食器官なのであるとエルッキが理解するのに、時間は要らなかった。

肌で、肉で、骨で。バイラスの捕食習性を全身で堪能《たんのう》しながら、あっという間にエルッキが不細工なミンチへと成り果てる。

あまりに衝撃的な事態に、ドーソンは手足を暴れさせ、一目散に駆け出す。背後の暗闇から、ドーソンを目掛けて新たな触腕が迫っていた。

数秒遅れでエミコが事態に気づくと同時に、背後を向いたまま修理をしていたローデリヒが立ち上がる。

「よし、なおったぞ!」

僥倖《ぎょうこう》とばかりに身を翻すと、エミコは手にした拳銃を迫る触腕に向けたまま、大急ぎでエレベーターに飛び乗った。そうして、喉が裂けんばかりに叫ぶ。

「早く！　動かして！」

エミコの唐突な指示に、外の様子を知らないローデリヒは、首をかしげる。

「……え？　みんなは？」

「いいから出して!!」

もどかしいとばかりにエミコが睨むと、ローデリヒは慌てて開閉ボタンを押した。

スムーズに扉が閉まり、エレベーターが勢いよく上昇を始める。

沈黙に包まれるエレベーターの内部で、釈然としない様子のローデリヒがエミコに問いかける。

「ドーソンとエルッキは？……どうしたんだ？」

耳を澄ますと、光の落ちた大空洞の底から、生物が叫ぶ様な音が聞こえる。

エミコは眼下に広がる深淵《しんえん》に向かって、感情も込めずに吐き捨てた。

「……役に立ってくれたわ」

＊　＊　＊

まるで一筋の蜘蛛《くも》の糸を辿っていくかの如く、大空洞の中腹をエレベーターが上昇していく。ギロン強襲時の急降下を思い出しながら、ボコが胃を痛めていると、不意にタザキの手がボコの腕を持ちあげた。

タザキは手にした小ぶりなカッターで、ボコの腕を拘束していた結束バンドを切ると、何も言わずにお次はブロディの方へと向き直った。

両腕の拘束を解かれながら、ブロディが探る様に言う。

「おっさん、てっきりあっち側かと……」

「ふん。敵を欺くには、まず味方からということだ。それにしても、君がいてくれてよかった」

タザキが首だけダリオに向けていうと、ダリオがぶっきらぼうに応じる。

「地球に置き去りは御免ですからね。……約束は忘れないでください」

ダリオに念を押されると、タザキも割り切った様な口調で答えた。

「ああ、私も一蓮托生《いちれんたくしょう》だからな」

ジュンイチの拘束を解き終え、お次はジョーへ、とタザキが体を向けたところで、ジョーが小さく舌打ちをした。

「それにしても、もっとマシな助け方あんだろ。タイピン落としておくだけとか、分かりにくいったらありゃしねぇ」

「助けた？……お前らは切り札だと言ったろう？　財団にとってお前らが不可欠なら、手元に置いておく必要があるだけだ。向こうで奴らと交渉するためにもな……」

憮然としたタザキの反応に、ジョーはふんと鼻を鳴らしてそっぽを向いた。

要領を得ないタザキの言葉を、ジョーに変わってボコが問い詰める。

「向こうで奴らと交渉する？　その向こうって、一体……あ」

しかし、ボコが言い切る前にエレベーターが停止した。電圧の変化によって照明がわずかに揺らぎ、次いで静かに扉が開く。

一歩踏み出すと、夜気に満ちた外界の風景は、日没頃とはすっかり様変わりしていた。月の浮かんだ夜空を背景に、聳え立ったそれを見て、ボコはタザキの言葉に合点がいった。

眼前に屹立《きつりつ》するスペースシャトルの下方から、白い煙が滝のように落ちている。発射準備を済ませたシャトルを指して、タザキが言う。

「さあ……これに乗るぞ」

＊＊＊

深淵の奥底で、一体の生命体が目覚めた。

悠久の時を経て、未知の空洞の底で目覚めたというのに、そこに感動は生まれない。

その巨大な頭部に詰まった「思考器官」には、他の生物を蹂躙する歓《よろこ》びも、同族を慈しむ憐憫《れんびん》の情も、未知に対する怖れすらも、初めから備わっていないのだ。

果てのない飢えと、無限の破壊衝動だけが、まだ末端まで回復し切っていない触腕を乱暴に起動し始める。

血を煮詰めた様な巨大な眼球を、十万年ぶりに転がしながら、その異形「バイラス」は静かに神経を尖らせた。

遥か上方に『コード』を保持した人間を補捉《ほそく》。それも、特別、強力なコードの保持者だ。

逃す手はない。すぐにでも摂取しなくては。そして無数に、自身を、悪意を、増殖させるのだ。

一本、また一本と、触腕が大地を踏みしめ、地鳴りを響かせながらバイラスの巨体が起き上がる。周囲を取り巻く電磁シールドや、大型クレーンなどを飴細工《あめざいく》の様に捻《ね》じ曲げ、八本の触腕がまるでそれぞれに意思があるかの様に、巨大なメインシャフトの内側に吸い付いていく。それらを支えにして超重量の体軀を宙に浮かせると、バイラスは少しずつ、奈落《ならく》の大穴を上り始めた。

ビチャ、ビチャ、と。

誰一人いなくなった深淵の奥底に、触腕の這いずる音だけが、不気味に反響を続け

た。

＊＊＊
「座席が……上に並んでる」

搭乗ハッチから顔を出すや否や、垂直に立つシャトル内部の奇妙な光景に、ボコは呑気《のんき》な感想を口にした。

先行するダリオを筆頭に、タザキ、ジョー、ジュンイチ、ブロディが、各所にあるバーやステップを支えにしながら、廊下を梯子《はしご》がわりにして機内を昇っていく。

「無重力になったら、上も下も無いですから」

六人がけの搭乗室の一席に到着すると、ジュンイチは地面と並行する背もたれに背を預けながら言った。最後尾のボコも皆を真似て席にたどり着き、どっかりとシートに背を落として安全ベルトを腰に回す。

各自がベルトと格闘していると、搭乗室上部に備え付けられたモニターが起動し、コックピットに座るダリオの顔が表示された。

「全員、ベルトのロックはしたか？」

「……お前ら、どうだ？」

ダリオの確認を受けて、先頭右側の席に着いたタザキが一同を振り返る。一番手こずっていたジョーのベルトが固定されたのを確認して、タザキ以外の面々が一斉に頷いた。準備完了。あとは発射を待つのみ。

タザキは正面に向き直ると、準備完了の旨をダリオに伝えるべく口を開くが、モニターに映るダリオの顔色に気づき、怪訝に問いかけた。

「ダリオ、どうした？」

タザキの問いかけに、焦りを滲ませながらダリオが返す。

「どうやら……エミコたちがシャトル管制塔に来たみたいです」

それを聞き、途端にタザキの心臓が早鐘を打つ。

「なっ……しかし、向こうからは制御できない様にしてあるんだろう⁉」

タザキが言うと、ダリオは難しい顔をして首を振った。

「事前にシステム制御用のパスワードは変更してあります……。しかし、もし緊急停止回路を復旧されたら……終わりです」

タザキの目が、見開かれる。

「なんだと？」

＊＊＊

エミコとローデリヒは管制室に飛び込むや否や、コンソールに備えられた操作パネルに食らいついた。

シャトルは、事前に発射準備を完了してある。パイロット経験のあるダリオが恙無《つつがな》く発射作業を行えば、もう間も無くシャトルは飛び立ってしまうだろう。

気を揉《も》むエミコの傍ら、操作パネルのモニターに表示された「Authentication failed」の赤い表示を見て、ローデリヒが激しく狼狽《ろうばい》する。

「ダメだ！　シャトル発射システムのパスワードが全部書き換えられてる！」

それを聞いて歯を食いしばると、エミコは窓から望むシャトルを睨みつけた。

死に体だからと容赦してやっていれば、次から次に小癪《こしゃく》なことを。しかし、まだ万策が尽きたわけではない。

エミコはローデリヒに向き直ると、声を荒らげて言った。

「……発射システムを緊急停止。急いで！」

ローデリヒは逡巡《しゅんじゅん》した。緊急停止をすれば発射プログラムを組み直すのに一時間はかかる。この状況下での、一時間。途方も無い時間だ。

「……いいのか？」

「いいから！　早く！」

エミコの怒号に対して、条件反射のようにローデリヒが動く。すぐさま操作パネルの上部を見回し、普段は決して触らない赤いボタンの透明カバーを親指で押し割った。

だが、何も起こらない。

「くそ、この回路も壊されてる！」

「……配線をバイパスしなさい」

エミコは、狼狽《うろた》える部下を蔑《さげす》むように見下ろしながら、冷たく言い放った。

「わ、わかった」

そうしてローデリヒが操作パネルの下に潜ろうとした次の瞬間、人工島全体がズゥンッ！　と大きく揺れた。

「……ッ!?」

エミコとローデリヒが同時に振り返ると、シャトルとは反対側、南制御棟に聳える
メインシャフトの重さ数百トンはあろうかという天井部が、大地に転がっていた。

瞠目するエミコ達の視線の先、残されたメインシャフトの、縦向きのトンネルの様になった断面から、ずるり、と牙の生えそろった触腕が姿を現した。

＊　＊　＊

シャトル内部に英語の自動音声による注意喚起放送が流れている。

搭乗室のモニターに表示される、遅々として進まないカウントダウンを数えること、十数秒。安全ベルトにしがみつきながら一同が発射を待っていると、途端、大地が鳴動した。

直後、分厚いシャトルの壁を突き抜けて、悍《おぞ》ましい咆哮がボコ達の鼓膜を叩く。

「ギギャアアァァアァアアァア!!」

泣き叫びたくなる様な衝動が、ボコ達を襲う。外を見ずとも理解できた。ついに、大空洞底部に眠っていたあの異形が、目を覚ましたのだ。

「ちッ！　おい、ダリオ！　離陸しろ！」

慌てふためくタザキの声が機内に反響する。機内スピーカー越しに応答するダリオの声もまた、焦りの色に染まっていた。

「自動操縦プログラムは簡単に変更できないんだ！　いちいち命令しないでくれ！」

「くそ……ッ！」

八つ当たり気味に座席脇の壁を殴りつけるタザキの横、小窓を覗くジュンイチの唇が震える。

　天井部が吹き飛ばされたメインシャフトから、顔を覗かせた黄金色の怪物が、ジッとシャトルの方をみつめていた。

「ひっ……！」

　ジュンイチが息を飲んだ瞬間、バイラスは生え揃った八本の触腕をうぞうぞと不気味に動かすと、体の前面から生えた二本を、ぬるりと陸へ解き放った。

「しょ、触手が迫ってます!!」

　全員の視線が、小窓に集まる。触腕はまるで大蛇の様に人工島の地面を滑り、ものすごい勢いでシャトルをめがけて、進行していた。

　あまりの恐怖に慄《おのの》いたブロディが、安全ベルトが外れんばかりに体を揺すり、叫ぶ。

「おい！　来ちまうって！　早く!!」

　モニターに表示されたカウントは、残り10秒。触腕の侵攻速度的に、ギリギリだ。

「なんとか、間に合ってくれ……！」

　タザキが祈る様に瞑目する。

　触腕が管制塔の脇を高速ですり抜け、シャトルの発射スペースに侵入する。搭乗用タラップが無残にも轢《ひ》き潰され、そうしてついに、小窓の外に現れる。

　牙の生えそろった触腕の先端部が、内臓色の構造を露わにしたまま、品定めをする様にビクビクと蠕動《ぜんどう》を始めた。

「うわあぁあぁあぁああ!!」

堪らずボコが絶叫すると同時に、船内にダリオの声が響く。

「よし!」

カウント・ゼロ。メインエンジンとロケットブースターが轟音とともに炎と煙を噴射すると、動力を得たシャトル本体が垂直に飛び上がった。その衝撃と熱で、シャトルぎりぎりまで迫っていた触腕がわずかに怯む。

小窓からその様子を覗いていたボコだったが、次の瞬間生じた強烈なGによって、シートに後頭部を打ち付けられた。

「う、ぉおおおおおおおおおあぁっ!」

重力に逆らって進む機体が、激しい振動を伴って雲間を抜けていく。シャトルは完全に地上を離れると、白煙を吹き上げながら光の点となって夜空へ吸い込まれた。

＊＊＊

遠方で空を切る自らの触腕を見つめ、バイラスは取り逃がした獲物について思考を巡らせていた。

火を吹いて飛び去った「あれ」は、なんだ。十万年前にも似た様なものはあったが、どうも違う。

しかし、飛ばれたのは面倒だ。どう攻める。さらに触腕を伸ばすか。自ら赴くか。

いやどれも非効率だ。

そうだ。あちらが『火』を使うのであれば、こちらは『雷《いかずち》』を使おう。


思考を終えたバイラスが、上空に目を凝らす。その特殊な眼球が、猛禽《もうきん》類の角膜のように超望遠でシャトルの輪郭を捉《とら》えた。さらに、熱や電磁波によってシャトル内にいる『コード』保持者を確認。速やかに対象との距離、角度を算出する。

「ギギャアァ……！」

バイラスが脚部をメインシャフトの残骸にアンカーのように固定すると、その頭部が一輪の花の如く、バカッと開いた。露出した内臓器官の中心は槍の様に尖り、その周囲を展開した硬質な皮膚が、パラボラの様に取り囲む。

さしずめ巨大な電磁砲台となった頭部を、上空のシャトルに向けながら、バイラスはエネルギーを充塡《じゅうてん》し始めた。

＊＊＊

上空。

緩やかに弧を描きながら上昇するシャトルから、固定ロケットブースターが切り離され、シャトルのエンジンが点火される。

加速が緩やかになるシャトルの客席に、内線でダリオの声が響く。

「もう平気だ。二十分後にはステーションに到着する」

「……そう願いたい……ね」

憎まれ口を叩きはするが、それでもタザキはこの脱出計画の成功をほとんど確信していた。

命辛々ではあったが、バイラスの追撃を躱《かわ》せたのは大きかった。タザキの知る限り、この距離を飛ぶシャトルを撃墜できる様な装備は、基地には存在しない。

もっとも、バイラスの事といい何かしら伏せられている可能性はあるが、あの被害状況だ。武器があっても動力がなければ動かすことはできないだろう。

緊張を解き、タザキが瞑目する。続く振動の中、僅かばかりでも全身を弛緩《しかん》させようとしたその時、息を呑《の》む様なダリオの声が耳に届いた。

「……地上に、高エネルギー反応？」

＊　＊　＊

管制塔。

エミコは窓の向こう、臨戦態勢となったバイラスを眺めながら、うっとりと息を零した。夜闇の中、バイラスの「砲身」に充填されるエネルギーが、青白い光を放ち続ける。

「……見て、パラボラの半径を調整してる。獲物の大事な所は傷つけないように狙いを絞ってるのよ」

まるでお気に入りのペットでも眺めるかの様なエミコの口ぶりに対して、ローデリヒは恐怖に顔面を引き攣《つ》らせながら、言う。

「ヘムデンの雷か……」

「そう……ついに伝承の出来事が見れるわよ」

興奮の収まらないエミコが、少女の様に息を弾ませる。

バイラスの砲身部分が放っていた光が収束し、いよいよ臨界を迎えんと強烈に輝き始め、そして……。

——暗転。

刹那《せつな》、全ての光が途絶え、直後バイラスの「砲身」から空を焼き貫かんばかりの光線、「荷電重粒子砲」が放たれた。惑星外すらも射程に収める必殺の一撃に大気が弾け、あたり一面の瓦礫が紙吹雪の如く舞い散る。

風も、ドロップも考慮する必要のない、確殺の一射。当然、地上120㎞程度を飛ぶシャトルなど、一溜まりもない。


しかし、決して外れることの無いその光線の軌道が「僅かに逸《そ》れた」。

「……なッ⁉」

ビーム発射と全く同時に起こった水蒸気爆発に、エミコは目を奪われた。

基地南側に位置する海面から、紅蓮《ぐれん》の火球が飛び出し、バイラスに直撃。発射とほぼ同時に被弾したことで、バイラスは体勢を大きく崩したのだ。

その炎の色を、エミコは何度も目撃している。状況を理解したエミコの顔面が、怒りに歪んだ。

「……死に損ないのくせに！　また邪魔するのか『ガメラ』！」

瞬間、火焔弾《かえん》の高熱によって沸騰する海面を突き破り、閃光《せんこう》を纏《まと》った青漆の巨獣、ガメラが出現した。

両腕を翼形態にしたまま、高速で基地上空を旋回するガメラの両眼が、メインシャフト上部に鎮座するバイラスの異形を捉える。

「ゴアァァァ!!」

旋回飛行を継続したままガメラは大口を開けると、バイラスに向けて火焔弾を連射した。

プラズマジェットの軌道と火焔弾の残光が、幾何学模様を描いてバイラスを強襲する。

「ギギャアアァァア！」

先手を取られたバイラスだったが、しかして、この状況においても狼狽えない。砲台形態から通常形態に速やかに変形すると、周囲空間に発生させた電磁シールドで火焔弾を悉く霧散させる。

続けざまにバイラスが四本の触腕をしならせると、伸縮自在の剛鞭《ごうべん》となったそれが、旋回するガメラに撃ち込まれた。

初撃を錐揉《きりも》みして躱《かわ》すガメラだったが、二撃目、三撃目と振り下ろされる超重量の鞭打を喰らい、苦悶《くもん》の叫び声をあげる。

「ゴアァッ……！」

そうして四撃目の鞭打が脳天に振り落とされると、ガメラは白目を剝《む》いて激しく墜落した。基地周囲の海面に大波が立つほどの衝撃が迸《ほとばし》り、バイラスの鎮座するメインシャフトをも大きく傾かせる。

瞬間、バイラスは残る四本の触腕をバネの様に撓《たわ》ませ、反動の力を使って横たわったガメラに飛びかかった。

岩盤をも容易《たやす》くくり貫《ぬ》くバイラスの凶悪な触腕が、ガメラの顔面を抉《えぐ》らんと迫る。しかし触腕が触れる直前、意識を取り戻したガメラは瞬時に体勢を立て直すと、バイラスに向かって猛進した。高速運動する質量弾や指向性エネルギー兵器に対しては無敵の防御手段であるバイラスのシールドは、低速の質量攻撃を遮断できなかった。

「ギギャッ⁉」

超重量と超重量の正面衝突。空前絶後のぶちかましによって、基地の地盤が割れんばかりに激しく波打つ。

両者抱き合ったまま地を滑り、そうしてマウントポジションを取ったガメラは上体を起こすや否や、爪撃《そうげき》のラッシュを敢行する。気魄十分、形勢有利、しかし、それだというのにどうしても火力が伸びない。

「ゴアッ……！」

ガメラの右腕は、存在していなかった。ギロンに貫かれた腹部の大傷も、癒《い》えぬままだ。

無い腕の、切断面をなんとかバイラスに叩きつける。しかしバイラスにダメージを与えることが出来ぬまま、ガメラは体力を著しく損耗させていった。

「ギギャギャッ……！」

思わぬ肩透かしに、バイラスが眼光鋭くうなり声をあげる。それを合図にするかの様に、バイラスに隷従する八本の触腕が起動し、次々にガメラへと襲いかかった。

もし、体力が万全であったなら。いや、万全の状態で臨んだとしても太刀打ち出来ぬほどの触腕の馬力に、たちまち引き剥《は》がされると、あろうことかガメラの巨軀は空中で縛り付けられた。

「ゴア、ゴアアァア!!」

強烈なトルクに締め上げられながら、さらには触腕に生え揃った八本分の牙がガメラの体表を無慈悲に削り取っていく。

生傷の上に、新たな致命傷を刻みながら、ガメラは壊れた様に咆哮を繰り返した。

バイラスの冷血な思考回路が、戦況を分析する。どう考えても、自身の「勝利」は揺るがない。触腕から伝わる「死」の気配は、紛れもなく、眼前の死に損ないに勝機は無いと示している。

……しかし。

「ギギャギャ……！」

この状況においてなお、バイラスは抜からない。確実に、殺すのだ。小数点以下の勝機だったとしても、一つ残らず摘み取らねばならない。

瞬間、バイラスの黄金色の体が、巨大な珊瑚《さんご》を思わせるプラズマ発光によって輝いた。さらに電圧を上げ、圧縮し、眼前の敵の息の根を止めるべく、出力を練り上げていく。

……そして。

「────────ッ!!」

万雷《ばんらい》が駆け抜けたが如き未曾有《みぞう》の大放電が、触腕を伝わりガメラに直撃した。断末魔も上げぬまま、全身を激しく震わせること数秒、ついに、ガメラは完全に停止した。

触腕によって駄目押しに叩きつけられ、動かなくなったガメラが瓦礫の海に転がる。

バイラスはガメラを一瞥したのち、再び上空へと意識を移した。

「荷電重粒子砲」の照準がずれたことで、シャトルを撃ち抜くことは叶わなかった。しかし、それも「誤差」の範囲だろう。

　バイラスの眼球が、不可視の夜空を鮮明に見通す。未だ飛翔《ひしょう》を続けるシャトルを睨むと、バイラスは速やかに胴体を上下反転させ、奇妙な「飛行姿勢」を取った。八本の触腕に開いた全ての口腔を地面に向けたまま、高密度のエネルギーを練り上げていく。やがてそれはバイラスを中心として局所的な重力場を形成し、周囲の瓦礫ごとバイラス自体を中空へと浮遊させた。

　そうしてバイラスが頭部の「砲身」で地面を撃ち抜くと、その巨軀は空を落下していくかの様な速度で、夜空へと飛び立った。

＊＊＊

　それは、一瞬の出来事であった。

　シャトルの窓から望む夜空が真っ白に染まった次の瞬間、激しい衝撃がシャトル全体を襲った。直後、コックピットが炎上。ダリオの断末魔が機内に響き渡ると共に、ボコ達は悲鳴を炸裂させた。

「なんだよ今の!? なにが起きた!?」

「今の光……怪獣の攻撃ですか⁉」

「それが当たったってこと？　どこに⁉」

「いや、当たってなかっただろ！　なぁ、おっさん！」

ボコ達が口々に喚く中、一向に反応を示さないタザキに向かって、ジョーが叫ぶ。

しかし、返答が無い。

赤い緊急灯に染められた客室内に、激しい警告音が鳴り響く中、ジョーはタザキの頭上、天井パネルが外れていることに気が付いた。機体を襲った衝撃によって落下したそれが、タザキの頭を打ったのだ。ジョーが唖然と、独り言ちた。

「ヤ、ヤバすぎだろ……」

そうしてボコ達は痛感した。

高度100㎞、大人達がいないこの状況で、命に危機が迫っている。

……しかし。

この絶望の淵《ふち》で、ボコは勇敢に声を張り上げた。

「だ、脱出しよう！」

コンマ数秒の静寂、そうしてジュンイチもボコに続く。

「そうだ、脱出ポッドがあるはずです！」

……そう。

大の大人でもパニックを起こすであろうこの状況で、ボコ達は誰一人として、命を諦めていなかった。

この夏、襲い続けた苦難の連続が、ボコ達を成長させていたのだ。

「……よし、探すぞ！」

ジョーの言葉を合図に、全員が一斉に安全ベルトを解除する。足場さえ安定しない機内で各々に脱出方法を探していると、機体後方を探っていたブロディが声をあげた。

「あったぞ！『緊急脱出ポッド』……間違いねぇ！」

ハッチに記載された英語を読み上げ、ブロディが全員を手招きして集める。

そうして全員が集結すると、機体の後部に二つの脱出ポッドハッチがあった。

自由落下を始めるシャトルの振動に揺られながら、ブロディはハッチ脇に備え付けられたタッチパネル式のモニターを必死に操作する。当然、英語の読めるブロディではあるが、普段見慣れない用語が並ぶマニュアルの文面は、暗号の如く難解だ。

「えっと、これはこうで……よし！」

そう言ってブロディが画面をタップすると、脱出ポッドのシステムが起動した。二つのハッチの上部にランプが点灯する。ひとつは緑。もうひとつは赤だ。

「赤ってことは……片方は壊れてる。こっちに乗るぞ！」

ブロディがグリーンランプ側のハッチを開けると、ジュンイチ、ジョーが大急ぎで乗り込んだ。しかし、最後尾のボコが続かない。

「ほら、早くお前もいけ！」

必死の剣幕で促すブロディだったが、ボコは後方をジッと見つめて二の足を踏んでいる。ブロディが視線を追うと、その先にぐったりとしたまま動かないタザキの姿があった。

直後、ボコは大急ぎでタザキに駆け寄ると、ブロディに言い放った。

「まだ生きてるよ！」

「お前、そんなやつ……！」

この緊急事態に敵かもわからない奴を救うなど、バカのやることだ。しかし、ブロディは「戻れ」と言いかけた口を、途中で噤《つぐ》んだ。

あの日、ギャオスに襲われた時。仲間に見捨てられた自分を救ってくれたのも、他ならぬボコだった。

「くそ……思い出しちまった」

「え⁉　なに⁉」

タザキの側から一向に戻ろうとしないボコに向けて、ブロディが言う。

「おい！　急いで運び入れるぞ！」

＊＊＊

客室と同様、警告灯の光で赤く染まった脱出ポッド内で、ボコ達は意識を失ったままのタザキと格闘していた。ポッドに備えられた席は四席。ようやくタザキを足元の隙間に押し込むように寝かせると、各々が一目散に各席へと着席して、安全バーをおろす。

40度を超すポッド内の熱気にメガネを曇らせながら、ジュンイチがブロディに声を掛ける。

「ブロディさん！　操作を任せてもいいですか？」

「任せろ！……ええと……」

ブロディの座った席の脇には、ポッド内部からシステムを操作する小型のタッチパネルが設置してあった。引き続きの大役に緊張しながらも、ブロディは危なげなくパネルを操作していく。

「どうやら、フルオートで着陸までやってくれるみたいだ。……あとは、このスイッチでハッチを自動ロックするだけ……準備はいいか？」

そこまで言ったところで、ブロディは全員に目配せをした。それぞれ安全バーを握りしめ、こくり、と頷きを返す。

「オーケー。じゃあ行くぞ！　つかまれ！」と、ブロディがタッチパネルに表示された「AUTO LAUNCH」ボタンを叩く。

衝撃に備え、一同が目を瞑る。……が、しかし。ハッチもロックされなければ、ポッド内にはなんの変化も訪れない。

「ダメだ……作動しねえ……くそっ！　なんで動かねえんだ！」

小型モニターを連続でタップするブロディだったが、一向にハッチが閉まる気配はなかった。すると、意識を朦朧《もうろう》とさせながら、タザキが口を開いた。

「おそ……らく、自動射出装置が……イカれてる……」

「自動射出……うわぁ！」

途端、シャトル全体が大きく軋み、激しい揺れがポッドを襲う。警告灯が明滅し、堪らずボコが叫び声をあげた。

もう、リミットが迫っている。怯えるボコ達を見回しながら、タザキは、一つの方法を提示した。

「手動解除装置が……あるはず……客室側だ」

全員が脱出ポッドに乗り込んでいるこの状況で、それを切り離す装置が「機体側」

にある。つまるところ、答えは一つ。

誰かが、残らなくてはいけないということだ。

＊＊＊

超高速で上昇を続けるバイラスが、煙を吹きながら落下するシャトルに接近する。

まるでネガフィルムのような色彩のバイラスの視界には、シャトルの内部までが一目瞭然《りょうぜん》であった。

後方に、目当ての人間、コード保持者がいる。どれほど面倒でも、コード保持者は丁重に扱わなければいけない。生きたまま捕食せねば「増殖」に必要なコードを正しく摂取できないのだ。

「ギュギィ……」

バイラスは重力操作を続ける触腕の形をわずかに崩し、来たる捕食の瞬間に備える。もう間も無く機体に肉薄する。そうすれば、あとは丁寧に絡め取り、飲み込むだけだ。

傷つけてはいけない。骨の一片、体液の一滴まで、取りこぼすものか。

「――――ッ」

ピクリ、と。バイラスの触腕が動きを止める。大気も薄くなった上空、強烈な風切り音ばかりを受け止めていたバイラスの聴覚器官が、何かを察知する。

周囲に生命の気配は存在しない。バイラスは知る由も無いが、この領域を住処《すみか》とする生物など、いようはずもない。

しかし、確かに、感じる。微かな鳴き声を。確かな熱気を。紛れもない「殺気」を！

青い惑星の端が描く、陽光の曲線。その弓なりの逆光を背に受けて、飛来する。

あり得ない。ここに存在しようはずもない。しかし、その咆哮が確かに証明する。

「ゴアアアァアアアアァアアアァアアアアァアアァァ!!」

体内で合成した大気圏離脱用の燃料を燃やし、白炎を吹き上げて爆進する、ガメラの姿がそこにあった。

手足を格納した、超速の『弾丸形態』。何度も消えかかった闘志を瞳に滾らせ、命の残り火を惜しげも無く燃やし、ガメラの眼光がバイラスを射貫く。

「ギギャァアアアァアアアァアアアアァアァァッ!!」

その存在を、現実を、意思すらも否定するかの様に、バイラスは絶叫した。

上昇速度を落とし、推進力に利用していた全エネルギーを、頭部へと集結させる。花弁状のパラボラが開き、全開で剝き出しとなった「砲身」がチャージを始める。

かつて巨大な都市をまるごと焼き払った無慈悲の「雷」が、ガメラの背後に輝く惑星を、もろとも撃ち抜かんばかりの出力で充塡されていく。


眼光が交わり、そして、肉薄する。

瞬間、バイラスの放っていた雷光が音もなく消失し、咆哮と共に最大出力の「荷電重粒子砲」が解き放たれた。

凡《およ》そ万物の到達し得る最高速度で、迫る「必殺の一射」が、ガメラの視界を白熱させる。

避けることなどしない。いや、そもそもにガメラの両眼は、バイラスの姿など疾《と》うに映していなかった。体内の全エネルギーを頭部前方の極狭い面積に集中させたシールドは、盾ではなく矛だ。命のほとんどを燃やし尽くし、感覚のほとんどを地表に置き去りにし、そうしてこの一撃に、残された命を注ぎ込む。

「ゴガァアアァアアァアァアッ!!」

極光色の弾丸と化したガメラの面前で「荷電重粒子砲」が四散し、一転してバイラスの視界が光に埋め尽くされた。

バイラスには、感情が備わっていない。喜びも、情も、恐怖すらも。

しかし、今際の際、確かに一つの「感情」がバイラスの脳を駆け抜けたが……。

その感情の正体を、バイラスが理解する機会は、直後、永遠に失われてしまった。

＊　＊　＊

「……おい！　何やってんだよ⁉」

絶望に暮れる脱出ポッドの内部、悲鳴にも似たボコの叫びが、小さな窓を震わせた。

ガコンとハッチを開くと、ジョーはそのままポッドの外へと飛び出した。

慌てて追いかけるボコだったが、ジョーに機内側から機密ドアを閉められ、立ち尽くしてしまう。

窓の向こう、ジョーはニッと笑うと、怯えを隠しながら、目一杯にカッコつけて言った。

「……絶対なんとかするって言ったろ？」

直後、ハッチが外側からロックされると、ボコの全身を未だ経験したことのないような悪寒が駆け抜けた。

「待って！　待ってよ、ジョー！」

ハッチの窓を全力で叩きながら、ボコが駄々をこねる幼児の様に叫ぶ。ギャオスに追われた時も、ジャイガーに追われた時も、ジグラやギロンに相対した時ですら、これほどの「恐怖」は感じなかった。

ボコの脳が、最悪の未来を直感しては、否定を繰り返す。堰《せき》を切ったように涙が溢れ出し、頭が割れそうなくらいに痛んだ。

「バカか！　なにやってんだ！　おい！」

「ジョー！　やめてください！　お願いです！　ジョー！」

ハッチの向こう、自分の「ふざけたあだ名」を叫ぶ友人たちを前に、堪らずジョーも涙した。握った拳が震え、それが全身に伝播《でんぱ》していく。

……あぁ。

「これ」が、今日だとは思わなかった。恐らく死んだ母も、弟も、そうだったんだろう。

「悪ぃな、父ちゃん……先に母さんとトオルに会いに行くわ……」

ジョーが震える手を、射出装置のレバーにかける。その瞬間、緩い電流が奔ったかの様に、ジョーの脳裏に景色が浮かんだ。

ジョーは、一人、理解する。掛け替えのないものを忘れないために、この言葉を言うために「今日」あの夢を見たのだと。

「……ボコ」

悲しげなジョーの顔が、窓越しにボコの脳裏に刻まれていく。くぐもったその声が、最後に自分の「ふざけたあだ名」を呼んでくれるなんて、きっとボコも思っていなかった。

「ボコ。チャリぐらい、乗れるようになれよ」

小窓の向こう、切り取られたジョーの顔が、ゆっくりと遠のいていく。

絶叫し、号哭《ごうこく》し、血が出るほどに窓を叩いても、止まらない。

全てから隔たれたポッドの中、ボコは最後、手すらも伸ばせなかった。

＊　＊　＊

静けさに浸った管制室の中。

コンソールに備え付けられたレーダーから、バイラスを示す光点が消失し、今やなんの反応もない。

「ガメラぁ……」

怒りに打ち震えるエミコが、呪うようにその名を呟く。そして、ふと窓の向こうに、不可思議な光を見つけた。

吸い寄せられる様に窓際へ行くと、それは白熱を纏って、黄金色に煌めいている。

命の最期を飾る、眩《まばゆ》い光。しかし、それを映しているというのに、エミコの瞳には一点の光も見当たらない。

光が大きくなり、眼前へと迫る。

最後、エミコは力なく笑うと、吐き捨てた。

「……わざわざ戻ってくるなんてずいぶんと忠実だけど」

瞬間、体表を燃やし尽くしながら落下するバイラスの亡骸が、管制塔に着弾した。

「ほんと、迷惑」

＊＊＊

翠色《すいしょく》冷光が満ちた砂浜を、寄せては返す波が湿らせていく。

漂着したポッドから続く足跡の先に、立ち尽くすボコの姿があった。

その眼前には、力尽きた亀のような生物が、静かに息絶えている。

ボコは、最後に名前を呼んだが、海風がそれをかき消した。

第六章　幼年期の終わり

薄明の空には、まだ月が浮かんでいた。南から吹き込む緩い風が、昨夜の戦いの余韻を夜気と共に散らしていく。

与那国島採掘基地……いや、もはや「跡地」となったそこに、瓦礫《がれき》に横たわるエミコの姿があった。

栗色の髪が流れた血で固まり、額にべったりと張り付いている。管制塔の崩落から奇跡的に生き延びたエミコだったが、すでに、虫の息だった。

「はぁ、はぁ……うっ……」

力の入らない腕を支えにしながらなんとか起き上がると、エミコはフラフラと、変わり果てたバイフスの許《もと》へと向かった。

その黄金色の体も今や輝きを失い、大空洞の底で横たわっていた頃以上に、薄汚れていた。触腕のほとんどを失い、今や体長も三分の一ほどになったそれに手を当てると、エミコはわずかに表情を歪《ゆが》ませた。

母を裏切ったノーラ叔母《おば》とその側近らに復讐《ふくしゅう》すべく、数年に亘《わた》って苦心した計画の全ては、ガメラによって打ち破られた。根回しを進めていた財団内の協力者……科学部門の半数と低軌道ステーションに潜入した優秀な同志らの多くは、恐らく評議員の手によって粛清されるだろう。あの叔母のことだ、慈悲など与える訳が無い。

「く……ぁっ……ははっ……」

度し難い結末に、エミコの口から乾いた笑いが溢《あふ》れた。もはや、やり直そうとすらも思わない。それほどにこの作戦が、エミコの人生の全てだったのだ。

ふっ、と力が抜け、瓦礫に膝《ひざ》を突いた。冷えた手足から、感覚が抜け落ちていく。そうしてエミコが意識を手放そうとした時、手を当てたバイラスの体内から、水音が響いた。

「……？」

肉を内側から捏《こ》ね回す様な音が続き、そうして僅《わず》かに蠢《うごめ》いたかと思うと、次の瞬間バイラスの体表を赤い光線が切り裂いて、肉塊と体液が溢れ落ちる。

「な……!?」

バイラスの腹部を突き破り、現れた「怪獣」を前に、エミコは目を見開く。翼長40cmほどの赤黒い体を目一杯に動かし、地面を這《は》ったまま、薄明の空に目を細めている。

バイラスとは全く別の怪獣である「ギャオス」の幼体。

それがバイラスの体内から出現する。にわかに信じがたい現象を前に、エミコの瀕《ひん》死《し》の脳は科学者としての最後の仕事を始めた。

バイラスに与えたギャオスの「生体サンプル」……あれは確かに死骸《しがい》だった。それもバラバラの断片だったはずだ。しかしそれが、バイラスの体内で、全能性幹細胞を持つプラナリアのように再生を遂げ、バイラスの内臓を食い漁《あさ》りながらここまで成長し、今、こうして外界へと生まれ落ちた。

一体何故……。

エミコは、ふと叔母の言葉を思い出した。あの時ノーラは、確か「コードを書き換えた」と……。

「なーんだ……そっか」

エミコは自嘲《じちょう》気味に言葉を漏らす。バイラスの制御が目的ではなく、バイラスの能力を媒介にするなど、考えが及ぶものか。

異形の幼体が目を持ち上げ、よたよたと幼子のように、エミコへ近づいていく。

エミコは、凶悪な顔で近づいてくるそれから逃げることなく、笑みを浮かべた。

「醜い顔……叔母様にそっくりね」

直後、幼体はエミコの胸に飛びついた。我が子を抱きしめるかの様に、エミコはその抱擁を受け入れると、暫《しばら》くののち、新たな「脅威」の糧となった。

＊＊＊

米軍福生基地・司令室。

少数のオペレーターがインカムに手を当て、定時連絡等の業務を着々とこなす中、司令室後方には暗鬱《あんうつ》とした雰囲気が漂っていた。

紙束を抱えた参謀役が生真面目な口調で報告を読み上げると、ウッドランド・パターンの野戦服に身を包んだ剛悍《ごうかん》な男、レイモンド・オズボーンは、眉根《まゆね》を揉《も》んで嘆息を零《こぼ》した。

度重なる「怪獣」侵攻による戦力の損耗に、米軍本部からの責任追及。先の見えない戦いが続く中、軍内の士気も下がる一方だ。

レイモンドの心中を察してか、参謀役も目を伏せ、言葉を失う。こんな状況が、もう暫く続いていた。

暫《しば》しの沈黙ののち、不意にレイモンドの目が備え付けのブラウン管テレビに向けられた。

画面に映し出される変わり果てた街並みを背景に、ニュースキャスターが各地の被害状況を淡々と読み上げている。

「……怪獣についてですが、現在のところ新たな目撃情報は入っておりません。こうした状況のなか、市民の一部からは政府を批判する声もあがっており、行方不明者の迅速な捜索や、情報の透明性が……」

甚大な被害が市中にまで及んだこともあり、政府の対応に対する市民の評価は厳しい。事実、直近の与那国島採掘基地を壊滅せしめた怪獣の情報も、世間には伏せられたままだ。

徹底した報道管制……下手な情報で民衆を騒がせるのを得策としない上層部の考えも解かるが、軍内部にすら情報が共有されない「箝口令《かんこうれい》」の敷き方には、些《いささ》か乱暴さがあった。これでは兵をあげての救命も捜索も、進みようがない。

「……上層部に力が働いているな」

嫌な予感ほど当たるものだ。レイモンドはモニターから目を背けると、握り拳《こぶし》を軋《きし》らせた。与那国島採掘基地へ向かった息子・ブロディの安否が、未《いま》だ報告されていないのだ。

高官のあまりに痛ましいその様に、堪《たま》らず参謀役が口を開く。

「……基地内の小隊なら動かせます。今ならガンシップも格納されていますし、太平洋管制に一報さえ入れておけばどうにか……」

「バカを言え。そんなこと……重罪だぞ」

息子の救援に一個隊を私兵化するなど、軍規違反も甚だしい。レイモンドが、参謀役の提案を首を振って突きかえすと、タイミングを同じくして別の司令部員が声をあげた。

「失礼します。オズボーン将軍に面会希望です」

「……なに？」

＊　＊　＊

福生基地内・応接室にやってきたレイモンドは、ローテーブルを挟んで来訪者の向かい席に腰掛けた。来訪者は口に運んでいたカップを卓に戻すと、緊張気味な面持ちで頭を下げる。

レイモンドを呼びつけたのは、ボコの母、藍子《あいこ》であった。

簡単な挨拶《あいさつ》を交わしたのち、藍子は時間が惜しいとばかりに口を開くと、早々に本題を切り出した。

「教えて下さい。うちの子は一体、何に巻き込まれてるんですか？」

レイモンドが、堪らず合わせていた目を逸《そ》らす。それは、予想していた通りの質問だった。

ブロディに新しい友人が出来たということは知っていた。当然、与那国島採掘基地に共に向かったということも。

しかし、現地の状況はレイモンドすらも把握しきれていない。いや、把握しようとすることすら、釘《くぎ》を刺されている現状だ。

「私の口から伝えられることは何も……」

「そんな……」

わずかな希望にすがる様な藍子の表情を前に、レイモンドは目を伏せたまま続ける。

「私も軍人である前に、一人の父親です。できることなら全隊を率いて息子を捜しに行きたい……」

「それならッ……！」

そう言って身を乗り出す藍子を押さえようと、監視の米兵が近づくと、レイモンドは手を上げてそれを制した。顔を上げたレイモンドが、歯を食いしばりながら、耐える様にして言う

「この件には、我々が想像する以上の力が及んでいる。下手に動けば、軍法会議の対象にもなりえるのです……」

その言葉に、藍子は糸が切れたかの様に肩を落とした。直後、ティースプーンが床に落ち、跳ねたが、誰も動くことが出来なかった。

＊＊＊

何度も夢に見た、大座洞の奥は、地底湖。

スローモーションのように、身体が地面に倒れていく。

視線を上げると、地底湖に浮上する巨獣がゆっくりと、静かに近づいて来るのが見えた。波が押し寄せ、全身が水に浸《つ》かる。その巨大な手が自分に近づき、地面ごとすくい上げる。握られるが、潰《つぶ》されない。握り拳の中の暗闇に、自身の呼吸音だけが響いた。

伝わる振動に、運ばれているのだと、気が付いた。固く握られたはずの指の隙間から、時折水が漏れ落ちる。

時間経過が解らなくなってしばらくすると、握られていた指が開かれた。波の音と潮風。佐々木が運ばれてきたのは、岩場にできた海蝕洞《かいしょくどう》だった。

海へと去っていく巨獣の背中。

岩山のような甲羅が、月明かりに照らされている。

青緑色に光る、優し気な瞳《ひとみ》が、印象的だった。

＊＊＊

狭い寝台で飛び起きた佐々木は、荒い息を整えながら周囲を見回した。

数百名の陸自隊員は寝静まったままだ。どうやら、叫び声はあげずに済んだらしい。

彼らの寝息からは、慣れない船旅の疲れと、この唐突な実弾演習に対する不安や緊張が伝わってくるようだった。

時計を見る。まだ起床と点呼にはいささか早いが、佐々木は新鮮な空気を吸うために上甲板へと出た。

東シナ海の洋上を航行する三隻の輸送艦を、夜明け前の光が薄紫色に染める。

水平線の彼方《かなた》を見つめながら、佐々木は先ほど見た夢の光景を反芻《はんすう》した。

月明かりの下、去っていく青漆の巨獣の姿。その瞳に宿る、優しい光。

あの日、確かに出会ったはずなのに、四半世紀もの間思い出せなかった「恩人」への憧憬《しょうけい》。

折り紙を繰り返す度に、それこそ太古の壁画の修復のように、曖昧《あいまい》だった記憶は少しずつ補完されていた。先ほどのあの夢も、自身の記憶の合成の結果であり、自身の思い込みなのかもしれない。

しかし、あれは……。

「佐々木大隊長」

その密《ひそ》やかな声に佐々木が顔を向けると、凜《りん》とした表情で口を引き結ぶ江夏の姿があった。

「……なんだ」

佐々木が応じると、江夏が報告を始める。

「与那国島上空で特殊な発光現象が見られたとの報告があり、延期となっていた演習ですが……石垣島《いしがきじま》での統合演習となるそうです」

それを聞いた佐々木は、直観的に理解した。

「……なるほど。そういうことか」

「大隊長……？」

江夏が注意して見ると、佐々木の両の手が僅かに震えていた。上官の異変に江夏が動揺していると、佐々木が独り言《ご》ちる様に言う。

「……身体が準備を始めているんだ」

「準備……？」

江夏が首を傾げていると、佐々木は再び海の向こうを見つめる。

「ようやくだ。ようやく……」

＊＊＊

石垣島崎枝《さきえだ》半島・御神崎《うがんざき》灯台付近。

佳景を望む晴朗な丘の中腹に、場違いに物騒なカーキの仮設テントが建てられていた。

歩哨《ほしよう》の自衛隊員数名に簡単に敬礼を済ませると、一人の男がテントに足を踏み入れる。待ち構えていたウェーブ髪の男・タザキはそれに気がつくと、深々と腰を折った。

「ご足労、恐れ入ります。……東伏見官房長官」

タザキの仰々しい挨拶を東伏見は適当に流すと、連結した簡易デスクの前に置かれたパイプ椅子の一つに腰を下ろした。それを待ってタザキも対面に座ると、指を組んで言う。

「して、首相にはどのように報告を？」

「怪獣の被害状況の視察だ……言葉に嘘はあるまい。しかし、調整には骨を折ったよ。君も随分、転職活動を急いでいる様だな」

東伏見の言葉に、タザキはオーバーな苦笑いを作ると「まぁ、そんなようなものです」と誤魔化した。

そうして東伏見はタザキを見透かす様な目で見つめ、静かに切り出す。

「君を疑う訳ではないが、本当に信じ難い話だ。ユースタス財団は国連とも深い関わりを持つ国際慈善団体……その財団が怪獣を使って人類に害を為《な》すなど……」

「先にお伝えしておいた通りですが、紛れもない事実です。もちろん、ここに証拠もあります」

そう言ってタザキが簡易デスクの上にマイクロレコーダーを置くと、冷たいエミコの声が流れ出した。大空洞でのやり取りの一部を密やかに記録、抜粋した音声だ。

エミコの発言のいくつかを聞いたところで、東伏見が手を挙げると、タザキは頷《うなず》いて再生を止める。

「……私はただのしがないエージェントです。が、財団のエージェントとして米軍にも出入りしていたのはご存じの通り。現在の、米軍を始めとした関係各所への異常な箝口令の理由が、これです。財団は各方面に圧力をかけてまで、本件を秘匿しようとしています」

東伏見の背後に控える自衛隊員が、ゴクリと生唾《なまつば》を飲み込む。

「日本政府は蚊《か》帳《や》の外か。どこまでも見くびられたものだな……」

東伏見は小さく嘆息して、吐き捨てる様に言う。そうして再びタザキの目を見つめると、問いかけた。

「……改めて聞こう。タザキくん。君は、我々に何を望む？」

そうして、タザキは、僅かに躊躇《ちゅうちょ》する。次の自分の発言によって、この先の未来が大きく変わる。

タザキの脳裏に様々な景色が、言葉が、走馬灯のように浮かび上がった。

＊＊＊

「……嫌だ!! ガメラ……ガメラ!!」

意識を取り戻したタザキが脱出ポッドから降りるや否や、耳を打ったのはボコのそんな言葉だった。

薄明に染められた砂浜には、ガメラによって粉々に砕かれたバイラスのオリリウム片が、牡丹雪《ぼたんゆき》の様に降り注いでいる。

風に舞う光の乱反射に目を細めながら、タザキは変わり果てた姿で横たわる巨獣の姿に、思わず息を飲んだ。

「ガメラ……」

その全身を埋め尽くす傷は、もはや凄惨《せいさん》という言葉の他に、表現のしようがなかった。ギロンと戦い終えた時ですら、死んでいてもおかしくないほどの大怪我だったと言うのに、さらに抉《えぐ》られた様な傷がいくつも増えている。

周囲にバイラスの気配はない。財団の追っ手も、その他一切の脅威も、見当たらない。

これが「偶然」によって起きたことだと誤認するほど、タザキは馬鹿でも、薄情でもなかった。

「……戦ったのか。あいつと」

ガメラに駆け寄るボコ、ジュンイチ、ブロディの姿に、タザキは目を背けた。

海水を染める、ガメラの体内より流れ出た大量の血。あれではもう、助からない。

生きていたとしても、時間の問題だ。

「……ッ！」

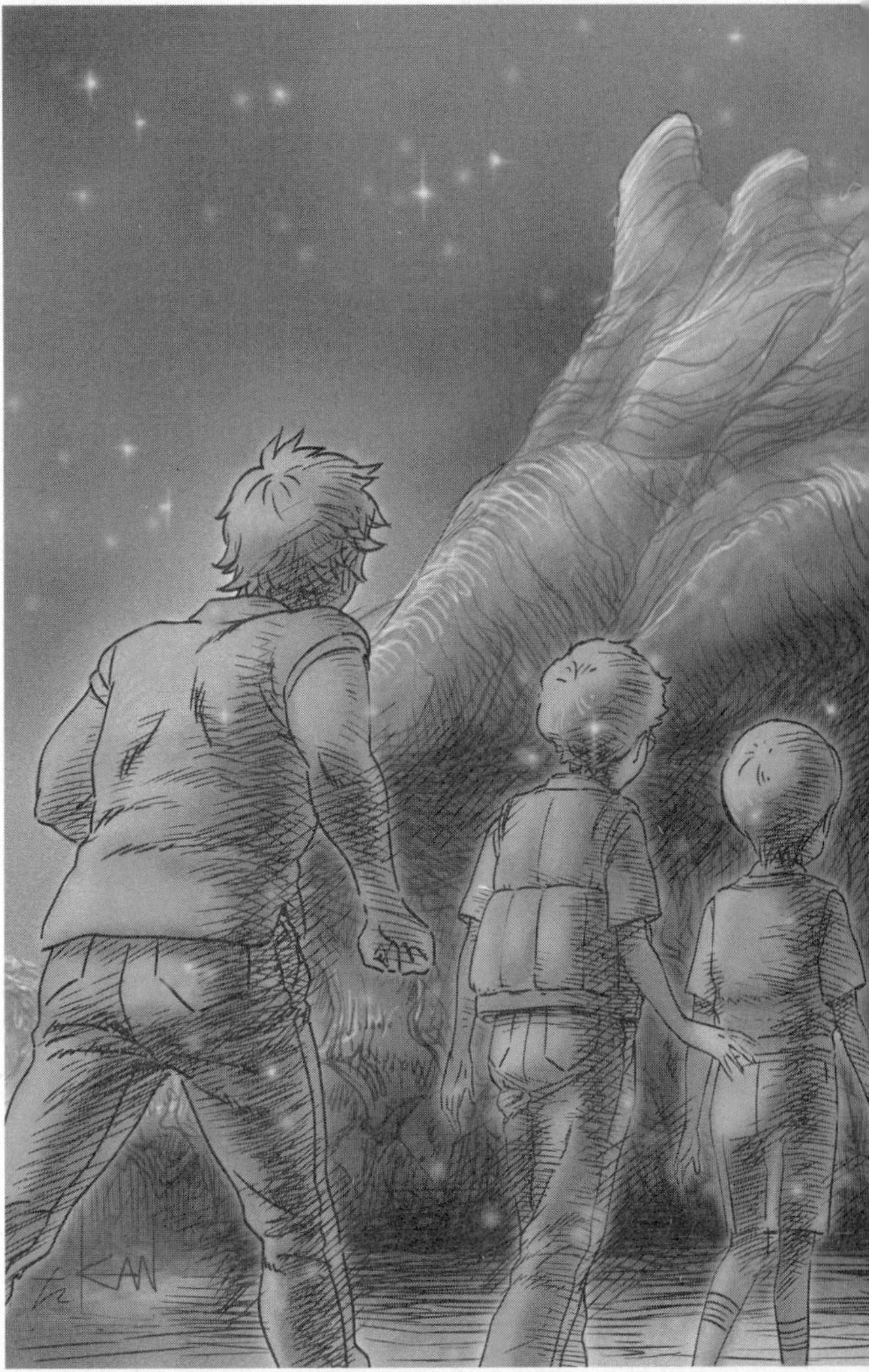

胸中に渦を巻く、重たく湿った感情を振り払う様に、タザキはガメラに背を向けて歩き出した。

助けられてしまった。ガメラに、ジョーに、命賭《いのちが》けで救われてしまったのだ。

「……知るか。頼んでなどいない……くそッ……！」

混乱気味に吐き零しながらタザキが逃げる様に砂浜を出ようとすると、ボコの手がタザキの腕を摑《つか》んだ。

「待てよ……どこ行くんだよ！」

涙と泥で汚れた顔に、激情の瞳が揺れる。タザキはそれから目を逸らすと同時に、摑まれた腕を振りほどく。

「……放せ、私はもう行く。財団以外の伝をたどるつもりだ」

「ガメラは？　見殺しかよ！　あんたも、助けてもらっただろ！」

感情のままボコが吐き散らかすと、冷静を装っていたタザキの表情が豹変《ひょうへん》した。張り上げた声が、空気を割る。

「言っても無駄だとは思うが、あえて言う。落ち着け！」

体を震わせ、ボコが硬直する。その視線の先に、いつもの飄々《ひょうひょう》とした姿のタザキはなかった。暫時息を整え、ボコ、ジュンイチ、ブロディを見回すと、タザキは窘《たしな》める様に言った。

「……悪いことは言わん。お前らもまずは身の安全を確保しろ。でないとすぐに身柄を拘束されるぞ」

その言葉に、ジュンイチとブロディも言葉を返せない。すでに二人とも疲労と緊張の連続で、焦点もおぼつかない様子であった。直前の友人の死すら飲み込めていないのに、他の「誰か」を救おうなどと。気持ちがあっても、頭も体も、動くわけがない。

「……イヤだ」

しかし、ボコは、諦《あきら》められなかった。再びボロボロと涙を流し始めると、タザキの服を摑み、縋《すが》り付く。

「イヤだ……死なせたくない……！　もう誰も……。助けて、助けてください、お願いします、お願いします！」

「……ッ！」

壊れた様に懇願を繰り返すボコに、タザキは表情を歪ませる。振り払えなかった。こんな小さな子供など、突き飛ばして踵《きびす》を返せば良いだけだというのに。

ボコの嗚咽《おえつ》が響く中、ジュンイチが口を開く。

「タザキさんだって、このまま逃げても、タダでは済まないはずです」

「……なにを言っている」

　ジュンイチが潤んだ目をタザキに向けながら、震え声で続ける。

「財団はタザキさんの言う通り、各国の中枢と関わっているはず。いくら逃げようが、あなた一人の存在を消すことぐらい簡単ですよ！」

「っ……！」

　たかが小学生の言圧に、圧倒される。戯論《けろん》ではない。外でもないタザキがそれを一番よく理解しているからこそ、逃げられなかった。

　それはジュンイチによる、ボコとは違う形での懇願。分かっていてもなお、タザキは突っぱねることが出来なかった。

「あなたが財団以外のどこと繋《つな》がりを持っているかは知りません。でも、ガメラは財団への……怪獣への強力な対抗手段です」

　タザキの目が見開かれる。必死に目を背け、気づかぬフリでいたかった事実を突きつけられてしまう。

「簡単に死なせてしまっていいんですか？」

　ジュンイチの訴えに、黙っていたブロディも加勢する。

「そうだよ。それに、あんただって見ただろ？　ガメラはボコの味方だ。なにがあってもボコを守るんだよ！　だったらボコの言うこと、聞いてやってくれよ！」

　タザキを説得せんと一歩も引かない様子の二人のあだ名を、ボコが涙声で呼ぶ。

「ジュンイチ、ブロディ……」

呼びかけに応じる様に二人も頷くと、決意の表情で応《こた》える。

「ボコ、もう誰も死なせたくないのは……」

「……お前だけじゃねえ」

実に、向こう見ずな子供の戯論だ。しかし、タザキは諦めた様に頭を掻くと、徐《おもむろ》にコミュニケータを取り出し、電波を探す様に天高く掲げた。

＊＊＊

仮設テント内に満ちていた沈黙を打ち破り、タザキが口を開く。

「ガメラの戦力は記録映像などでご覧になられたはず。怪獣から我が国を守る対抗手段として、これ以上の存在はありません」

まるで、子供の言いなり……いや、違う。タザキの瞳に燃える火は、誰かに焚《く》べられたものではない。

タザキの言葉を受けて、東伏見が眼光を鋭くした。見極めてやろうというその高圧的な視線が、タザキの視線と交わる。

「……対抗手段とは言うが、扱いこなせてこその話だ。第一、アレは死にかかっているようだな」

その言葉に、フッとタザキが表情を和らげる。「ネゴシエーター」ジェームズ・タザキの口車は、すでに回り終えようとしていた。

「ですから、日本の誇る科学力で、最高の医療を施して頂きたくお願いした次第です」

表情一つ変えないまま、東伏見は立ち上がると、そのままテントの出口へと足を向けながら、言い放った。

「では……やるべきことをやるとしよう」

＊＊＊

テントを出る東伏見に、タザキの他、自衛隊員十数名が続く。テントを離れてやや歩くと、一同の眼前に、巨大な「擬装テント」が姿を現した。

それは、タザキが、東伏見が、持ちうる人脈の全てを投じ、実現させた「巨大生物再生施設」。小ぶりなドーム球場ほどの内部には最新鋭の医療機器を始め、ありとあらゆる設備が立ち並ぶ。

「これは……」

「なんという大きさだ」

「こんな生物が地球上に存在できるなんて……」

つい先ほど上陸したばかりの研究者達が、中央に運び込まれた傷だらけのガメラの前で驚愕《きょうがく》していた。

「なるほど、こいつが……」

威厳のある声に気づいた研究者達が振り返り、東伏見を前に毅然《きぜん》と整列する。

東伏見は表情を引き締めると、施設内に響き渡る大声で言い放った。

「君たちは、各界の権威が集まった最高の医療チームだ！　それが何を意味するかは、分かっているな！」

全研究者たちの視線が、全人類の存亡を背負う者たちの注目が、東伏見に向けられる。

「絶対にガメラを死なせてはならないということだ！」

途端、滲《にじ》む視界を指で拭《ぬぐ》いながら、タザキが感嘆の声を洩《も》らした。

「見事なお手際。感服いたしました」

東伏見が、なんでもなしに応じる。

「なに。我々にも守らねばならないものがあるということだ」

＊　＊　＊

石垣島崎枝半島・浜辺周辺。

海岸に停泊した多数の揚陸艇から輸送車両や戦闘工兵車両が続々と上陸している。先のガメラ移送用に突貫で敷設された鋼板の上を、重装備の自衛隊員たちが行進する傍ら、戦車隊が海岸線を列をなして進んでいく。

「第三中隊は北側の丘陵部に、我々第一中隊と第二中隊は海岸線に展開する。全隊、所定の配置に急げ！」

副長の江夏の指示の下、戦車隊が各配置につくと、海岸一帯はターボディーゼルエンジンの放つ重低のアイドリング音に満たされた。

ハッチから半身を乗り出し、各隊の配備を確認すると、江夏はインカムを口元に寄せた。

「佐々木大隊長。配備完了しました」

「……江夏三佐」

「はっ！」

江夏同様に半身を戦車上部に乗り出した佐々木が、静かに水平線を見据えながら、言う。

「砲塔をすべて海側に向けろ」

佐々木の言葉に、江夏が首をかしげる。

「海側……？……念の為、あの亀に、ではないのですか？」

少なくとも現状、海側に敵性勢力の出現は確認されていない。であれば、万が一に備え、背後の「巨獣」を警戒するのがセオリーだろう。

しかし江夏の背後、佐々木は変わらず東シナ海沖を睨《にら》みながら返した。

「念の為はむしろ海側だ。後は別命あるまで待機だ」

そう言い放った佐々木の刺す様な覇気に、江夏は疑念を瞬時に捨て去ると、インカムに向かい声を張り上げた。

「はっ！　全隊、砲塔を海側へ向けろ」

それを合図に、各車両の砲塔が一斉に海側へ向けられる。時を同じくして、擬装テント脇に構えられた司令本部から、全隊の無線に声が届いた。

「総員に通達する。本極秘作戦の目的は、カメ型巨大生物の保護である。保護対象に危険が及ぶと考えられるあらゆる状況において、最大限の防衛態勢で臨む。なお、本作戦においては……」

……八重山《やえやま》諸島は石垣島。

終結した一大戦力による、史上類を見ない『怪獣防衛作戦』の幕が、切って落とされた。

「……当該カメ型巨大生物を『ガメラ』と呼称する！」

＊　＊　＊

暮れ泥《なず》む、人気のない浜辺に、細い影が伸びている。

影の根元に座り込んだ少年の服は、お気に入りのニットベストを始め、足の先までボロボロの泥だらけだ。

少年は座ったまま、手にしたコミュニケータを夕陽に向けて、喋《しゃべ》り掛ける。

「ミッション・コントロール、こちらボコ。ジョー、聞こえる？」

名前を告げ、少しの間、待ってみる。しかし、ボコの通信にジョーからの応答はない。

　もうしばらく待って返事がないのを確認すると、ボコは少しはにかんで、語り始めた。

「来年の夏もあの隠れ家で、思い出話しながらみんなで笑ってるって……ジョーもそう思ってただろ？」

　返事はない。ボコは調子を落とさず、話し続ける。

「最後の夏休みだっていうのに、ホント訳わかんねえことばっかだったよな」

　そう言って砂浜に寝転がると、広がる途方もない夕空が、ボコの視界を端まで埋めた。

　ゆっくりと目を瞑《つぶ》る。瞼《まぶた》の裏には、短い夏の記憶が、鮮明に焼きついていた。

　木漏れ日の中に佇《たたず》む隠れ家。燃える新宿に、地下水道の湿気《しけ》った空気。

　息苦しい潜水艦内も、友人に手を引かれ、命拾いした瓦礫の海も、触れるくらいに近づいた、宇宙の景色も……全部、全部本物だ。

「……なぁ、ジョーは何が一番楽しかった？」

　すぐ隣にいる友人に訊《たず》ねる様に、ボコはそう言うと、笑みを零した。

　……それでも返事はない。

　寄せては返す波の音と、海鳴りばかりが、ボコの鼓膜を震わせる。

そうしていると、ツン、と。

ボコの眉間《みけん》に痛みが走った。

じわじわと痛みが広がり、目尻《めじり》に溜《た》まってこぼれ落ちる。息をするのも苦しくなり、心臓が締め付けられる。溢れた涙が砂に落ち、小さな染みを作った。

「なんだよ、答えてくれよ……」

いつまで経っても応答はない。幻聴すらも聞こえない。どんな時でも一番最初に心配してくれた友人は、もう、どこにもいなかった。

「約束しただろ？　俺が引っ越しても、どこに行っても話せるって。そうだ、チャリの練習は？　中学でいじめられたらぶっ飛ばしてくれんだろ？　なぁ！」

ボコの縋る様な言葉を、波の音がかき消した。

静かにホワイトノイズを垂れ流すコミュニケータをギュッと強く握ると、ボコは立ち上がり、前方の海へめがけて、振りかぶった。

「……くっ……うぅ……ッ！」

しかし、応答もしないそれを、ボコはどうしても投げ捨てることが出来なかった。

海の向こう、沈みかけた太陽が、容赦無くボコの情けない姿を照らし続ける。

うな垂れたまま、ボコは、奥歯を嚙《か》みしめる。泣いているばかりだった「少年」の自分と決別するかの様に、心に小さな火を燃やす。

ボコは、解っていた。

もう、慰めてくれる人はいないということを。

もう、涙を止めなくてはいけないということを。

……もう、未来に進まなくちゃいけないってことを。


「……ジョー、俺、頑張るよ」

ボコは最後、海に沈む太陽を、真っ直ぐ睨みつけた。そうして痛いくらいの光に向かって、言い遺《のこ》す。

「今度は俺たちで……あいつを、守ろうぜ」

そうして、振り返った顔に、もう涙は見当たらなかった。

ボコの背後で、少年だった彼の「跡」を、波が静かに攫《さら》っていった。

＊　＊　＊

駆け回る研究員たちの声が、四方八方、呪文《じゅもん》の様に湧いては消える。

巨大な擬装テント内の治療区画で、うつ伏せに横たわるガメラを眺めていたタザキは、背後に近づく足音に気がつくと、振り返った。

「……やるじゃん、おじさん」

現れたボコは施設内を見回しながらそう言うと、挑発的な笑みをタザキに向けた。

タザキも不敵な笑みを浮かべると、踏ん反り返って応じる。

「ふん。合理的な行動をとったまでだ」

「それで、どうなの？　ガメラの様子は」

未だ目を覚まさぬガメラの体には、各所に様々なセンサーが繋がれている。一時は生存さえ疑われていたが、安静が功を奏したのか、今は数十秒周期の深い呼吸を繰り返していた。

「見ての通り、目立った回復はない。……そうだ、松井《まつい》主任がお前に聞きたいことがあると言っていたんだが……」

そう言ってタザキが周囲を見回すと、ちょうど近くから、賑やかな話し声が聞こえてきた。

「できる限りの範囲で、体内スキャンをしたんだが、驚くことに、骨格は亀というよりも人間に近い」

「人間？　この亀がですか？」

「あぁ。さらに歯と爪、それから表皮外郭の一部だが、硬度が異常に高い。ダイヤモンド並だ。靱性《じんせい》も高く、この硬度と両立するなど……」

見ると、中年の研究員・松井とジュンイチが、熱心に会話をしている。その傍ら、うんざりした様子で立っていたブロディが、ボコに気がついて手を振った。

「おぉ、ボコ！　大丈夫か！」

「うん。それで、話って……その人？」

ボコが言うと、気づいた松井が小走りで駆け寄ってきた。おろし立ての白衣に、主任を示すバッジがキラリと光る。

「君がボコくんだね。初めまして。これについて、ちょっといいかな？」

「これって……オリリウム？」

松井の右手には、淡く発光する拳大のオリリウムが握られていた。砂浜に降り注いだ欠片《かけら》のひとつだ。ボコの言葉に松井は簡単に頷き、そうして大きく息を吸うと、語り始めた。

「タザキさんから進言を受けて、オリリウムについて調査していたんだが……いや、驚いたよ。こいつは確かに有効だ。しかし、全ての組成分析を行うには時間がない。だから、現段階では現象面の観察に絞り込んで統計的に性質の把握を進めているんだが、これも中々難航していてね。欠片を近づけた箇所は急速に治癒が進み、皮膚の再生だけでなく造血管細胞の活性化も期待できたんだが……」

「……ちょ、ちょっと待ってくれ」

堪らずタザキがストップをかけると、白熱する松井はキョトンとした顔でタザキを見た。

「ん？　なにか？」

「あの、手短に」

それを聞き松井は「こいつは失敬」と言って頬をかくと、仕切り直すように再び説明を始めた。

「要は、ガメラの身体検査はだいたい終わって、体質と症状が解った。百カ所以上の骨折と裂傷、あとは出血多量だ。皮膚が猛烈に硬くて外科手術的なことはできない。だからできる範囲で応急処置を考えつつ、特効薬かもしれないオリリウムの使い方を調べてる。……ここまでは、いいかね？」

「すごく、いい」

先の説明を全く理解していなかったボコが、迫真の表情で頷く。

ジュンイチが「そうですか？　わたし的には……」と言って参加しそうになるのをブロディが止めたところで、いよいよ松井が本題を切り出した。

「体表の裂傷箇所は医療用接着剤でなんとか塞《ふさ》いだが、すでに血液の三分の一以上が失われたと推測している」

「となると、輸血の必要が？」

タザキの問いに松井は首を横に振ると、血液分析器を見やる。試験管サンプルに溜まった緑の血液は、ガメラのものだ。

「輸血は無理だ。数種類の未知のバクテリアが大量に含まれていることはわかったが、地球上のいかなる生物の血液とも違う。つまり、ガメラ自身の造血の活性が必要というわけだ。そこで……」

松井が手にしたオリリウムをボコの眼前で見せつける。

「こいつに期待したい、というわけなんだよ」

「……確かに、これで傷が治る瞬間をみました」

ボコがいうと、松井は激しく頷く。

「タザキさんも言っていたことだね。オリリウムによって『バイラス』という怪獣の体が短時間で再生した、と。しかし、ガメラにも同様の効果は確認できたものの、傷が治るほどの効果はでていないんだ。だから……」

途端猛烈に語り始める松井を、ボコは首をブンブンと振って静止する。話が難解であることも、いちいちクドいということももちろんだが、ボコが止めた理由はそれだけではなかった。

「……何かね？」

「あの、違うんです。俺が言ってるのはバイラスの話じゃなくて……」

松井の話を聞いて、ボコの脳裏には、ある「光景」が浮かんでいた。

不確かな希望だが、確信がある。間違いなくあれは、ガメラを復活させるための……。

「……すみません！」

ボコは唐突に手を上げ、近くを通り過ぎようとする研究者を呼び止めた。

「紙とペンって、ありますか!?」

＊　＊　＊

月の裏側、摂氏-178度の極限の世界に、ワイングラスを打ち鳴らす音が響く。

岩壁に埋め込まれる様にして建つユースタス財団評議会の執務室では、ノーラを始めとする四人の評議員たちが、朗らかな表情で赤ワインを口に運んでいた。

舌先で味を転がす様にして飲み干すと、赤ら顔のアンセルムが口を開く。

「それにしても、一時はどうなることかと思いましたが……」

「……えぇ。保険をかけておいて正解でした」

いつもと変わらぬ冷淡な調子でそう言うと、ノーラはグラスを置き、正面の大モニターに目を向けた。

衛星経由で受信された与那国島採掘基地の映像には、瓦礫の海と化したそこに蠢く、奇妙な生物の姿が捉《とら》えられていた。

つい数時間前まで存在していた巨大なバイラスの死骸は、特徴的な目元の一部を残して、ほとんどが消え失《う》せている。

代わってそこに居座っていた生物が、突然、その巨大な頭をもたげた。

その勢いで吹き飛ばされる南制御棟の瓦礫の礫《つぶて》が、衛星カメラの向こう、紙芝居の様なスピードで散乱していく。

「おぉ……！　どうやら、動き出したようですね」

興奮した様な口ぶりで、アンセルムが言う。しかし、同じくモニターを眺めていたプルデンシオは、対照的に眉を顰《ひそ》めた。

「しかし、この動きは……。どうやら、自重も支えきれていないようですね」

言葉の通り、モニター内の生物は翻筋斗打《もんどりう》つように巨大な羽を暴れさせては、廃墟《はいきょ》となった周囲の施設を破壊し続けている。

しかし、その様を見てもノーラは表情一つ変えず、落ち着き払って言う。

「この短時間での急成長……細胞分裂の暴走は予測の範囲です」

先のエミコの叛逆《はんぎゃく》など、まるで些事《さじ》と言わんばかりのノーラの口ぶりに、その他評議員が、静かに肝を冷やす。

俄《にわ》かに信じがたい話であった。ノーラの手引きによって、予《あらかじ》め特殊なコードを埋め込まれた「その個体」は、予定通りガメラと交戦し、予定通り敗北し、予定通りにエミコの手によって輸送され、バイラスの体内へと装塡《そうてん》されたのだ。

しかし、その奇跡に奇跡を重ねた様な事象が、まるで当然のことであるかの様にノーラは、感動もなく言い放つ。

「あとはあの子が『コード』を捕食すれば、すぐに浄化は開始される」

衛星カメラの向こう、羽を広げた異形は、終《つい》ぞ飛ぶことはなかった。あまりの巨体に浮かび上がることができず、地を跳ね、瓦礫を砕き、そうして諦めた様に海へと身を投じる。

立ち上がる巨人な水柱を眺めながら、ノーラはうっすらと笑みを浮かべた。

「……さぁ、次の千年の話をしましょう」

＊＊＊

擬装テント内のガメラ治療区画。

急拵《きゅうごしら》えで組まれたガメラ用の治療機器が立ち並ぶキャットウォークの上で、ボコ達はガメラの背甲を祈る様に見つめていた。

ガメラの背を、命綱を着けて登る松井の手には、ボコの提案した籠《かご》のようなオリリウムケースが握られている。

ボコの見た十万年前の記憶の中、力尽きたガメラを蘇生《そせい》させたのは、紛れもなくオリリウムであった。しかし、オリリウム結晶単体では効果があがらない……ということはその時にオリリウムを包んでいた金属ケースに秘密があるのではないか。

ボコのラフスケッチを見て、松井は直感的にこれがコイルの一種だと確信した。そして大急ぎでオリリウム固有振動数を測定、それに合わせて銅線や針金で製作されたそのケースこそ、松井の手にしているそれである。

甲羅の中心部に登頂すると、松井は手にしたケースをガメラの甲羅の隙間に置き、声を上げる。

「……よし、通電開始してくれ」

声と同時に、ケースの上下に接続されたケーブルに電流が流れ込む。

しばらくするとオリリウムはフィラメントの様に蒼白《そうはく》の光を放ち始めた。

「反応してるぞ……周波数を少しずつ調整してくれ！」

「……プラス1.2％偏移します！」

次第にオリリウムの輝きが増し、光が脈動するかの様な反応を示した。それに呼応してガメラの背中部も光を帯び、乾いたその部分がみるみる艶《つや》を取り戻していく。

「思った通り、共鳴増幅だ。ガメラ体内のオリリウムと共鳴しているんだ」

松井が呟くと同時に、キャットウォークで驚嘆の声が上がった。

「ぜ、全バイタル値、上昇！　すごい速さで血流量も増加しています！」

「と、ということは……回復するのか!?」

バイタルモニターを覗《のぞ》き込みながら、タザキが興奮気味に問いかける。

眼前の反応を、瞬《まばた》きをも惜しむかの様に見つめていた松井は、震え声で応じた。

「まさに……奇跡だ。猛烈な勢いで体組織の再生が進んでいる。このペースなら、三〜四時間もあれば完全に再生できるぞ！」

その言葉に、ガメラの周囲から歓声があがる。

固唾《かたず》を飲んで見守っていたボコ、ジュンイチ、ブロディも、ワッと両手を上げた。

「やったな、ボコ!」

「オリリウムをコイルを模したケースに繋ぐことで、効果を増幅させるなんて……ボコ、ナイスな発想です!」

舞い上がるブロディとジュンイチに背中をバシバシと叩《たた》かれ、思わずボコも笑顔を浮かべる。

救われてばかりだった自分達が、ついにガメラを救うことができる。その事実に、ボコの鼓動が高鳴った。

しかし、その時。

「……あれ?」

途端、ボコが胸を押さえ、声を漏らす。

……違う。この胸の高鳴りは、感動に由来するものではない。

ドク、ドク、とまるで何かを警戒する様な、不自然な鼓動。以前にも……いや、幾たびも経験した不穏な兆候に、ボコの顔色がゾッと白む。

目前で起こっているオリリウムの猛烈な共鳴増幅は、日に日に怪獣達との感応を強めていたボコにも、そして遠く30㎞ほどの海中に潜む「別の存在」にも影響を及ぼしたのだった。

「……ボコ？　どうかしたんですか？」

ボコの異変に気づいたジュンイチが、声を掛ける。

未だ目を覚まさぬガメラを見つめたまま、ボコは静かに言った。

「何か……来る……!?」

＊　＊　＊

星明かりを鏤《ちりは》めた幽玄な大海原を、超高速で遊泳する巨影が掻《か》き乱し、濁していく。

張り裂けんばかりに身体を巡る高濃度のエネルギーが、本来空を舞うために生えた羽を鰭《ひれ》の様に躍動させ、その巨体を彼方へと押し運ぶ。

肥大し続ける脳の中で、芽生えたばかりの自我は、確かに予感していた。

混沌《こんとん》とした記憶に聳《そび》える、青漆の巨影を。

悉《ことごと》く同胞を引き裂き、叩き潰し、焼き払った、憎き『暴の化身』を。

そう。奴を、ついに葬り去る時が来たのだ。

異常な代謝を続ける肉体が、悲鳴をあげては、肥大を繰り返す。

時間がない。生まれ落ちた瞬間から定められたタイムリミットが刻一刻と迫る。

それと引き換えに得た未曾有《みぞう》のエネルギーを惜しげも無く推進力にかえ、血色の巨獣が海を割って爆進する。

確かな『憎悪』を孕《はら》んだ超巨大怪獣『エスギャオス』の双眸《そうぼう》が、決戦の地、石垣島の突端を確かに捉えた。

＊　＊　＊

「……ッ!?」

突如訪れた尋常じゃない悪寒に、戦車内で待機していた佐々木は目を見開いた。それと同時に、全隊の無線が急報に嘶《いなな》く。

「……西北西の海中に移動中の未確認物体！　巨大生物と思われる反応あり。艦隊に接近中！」

海岸線に配備された戦車のハッチが勢いよく開き、身を乗り出した佐々木が暗く沈んだ水平線を睨む。

目視ではまだ対象は確認できない。しかし、全身を総毛立たせる「悪意」の予感に、佐々木は確信していた。

「……ついに、か」

佐々木がそう零した直後、耳元のインカムから司令官の鋭い声が響いた。

「司令本部より全隊に告ぐ！　沿岸の護衛艦隊に接近しつつある未確認生物は敵性巨大生物と認定する。全火力をもって撃退、排除せよ……全隊、攻撃開始！」

＊＊＊

携行重火器を携え矢の様に駆ける自衛隊員たちが、前衛の戦車部隊の背後、浜辺と森の境界線に展開していく。

「護衛艦隊との交戦状況によっては援護射撃の可能性もある。全戦車隊は実弾装填の上、同位置にて待機せよ！」

海岸線に配備された戦車大隊から一斉にキャタピラ音が吹き出し、佐々木の指示のもと射撃位置の調整を開始する。

ハッチから身を乗り出したままの佐々木は、横目で砲身仰角を確認しながら、海上に陣取る護衛艦隊の動向を追っていた。

……開幕。

全艦隊から対潜ミサイルが多数発射された直後、後を追う様に甲板から矢継ぎ早に魚雷が射出される。魚雷の軌跡が海面に幾筋もの白線を引くと、その終点に音もなく、無数の対潜ミサイルのパラシュートが着水した。

……つまりは、出し惜しみなしの、最高火力である。

少しの間ののち、ズゥウウンッ！　と轟音《ごうおん》が鳴り響くと、海面からは巨大な水柱が何十本も立ち上がった。

文句なしの、クリーンヒット。地球上、どんな対象を相手取っても一溜まりもないだろう程の超火力に、各艦、早期決着を確信する。

……しかし。

次の瞬間、護衛艦隊の目前の海が割れると、大飛沫《おおしぶき》が艦隊を飲み込んだ。

その面前に出現する、視界に収まらない程の、血色の巨体。焼け爛《ただ》れた様な巨軀《きょく》から、空を覆い尽くさんばかりの翼が展開する。

現れた「エスギャオス」の容貌《ようぼう》に、真夏の石垣が一瞬にして凍りついた。

まさしく、終焉《しゅうえん》の権化。ギャオスの名残を残しながらも比較にならないほどに改悪されたその姿。エスギャオスは大喉《おおのど》を天に向けると、空を落とさんばかりの大咆哮《だいほうこう》を轟《とどろ》かせた。

「ギィイアアアアアアアアアアァアアァァァッッッ!!!!」

相対する生物という生物の戦意を打ち砕く、悪魔的絶叫に、忽《たちま》ち海上戦力の悉くが無力化された。

直後、エスギャオスの開けたままの大口から、赤い稲光が発生する。空へと血脈の様に立ち上る赤色エネルギーの束が次第に収束し、轟音と共に『大出力超音波メス』の光柱があたりの雲を弾《はじ》き飛ばした。

そうして大気を啼《な》かせながらエスギャオスが首を振るうと、一帯の海上が瞬時に、紅蓮《ぐれん》に包まれる。

横一閃《いっせん》、極太の超音波メスに薙《な》ぎ払われた全艦隊が、瞬時に爆散し火煙を立ち上らせた。

漁火《いさりび》のごとく夜海に立ち揺らめく紅炎が、エスギャオスの相貌を不気味に浮かび上がらせる。

一部始終を海岸線から見つめていた佐々木はインカムを口元に当てると、凍った空気を割って、吠《ほ》えた。

「戦車隊、各隊に告ぐ！　総員戦闘準備！……繰り返す、総員戦闘準備！」

＊＊＊

連結された会議机に並ぶモニターを前に、顔面蒼白で通信を続ける自衛隊員達が次々と凶報を告げる。

擬装テント前に構えられた司令本部。

「一番艦、二番艦、共に被害甚大！」

「さ、三番艦大破!!　四番艦撃沈!!　護衛艦隊から撤退要請が出ています！」

たったの「一撃」。

それによって瞬時に言葉通りの「火の海」と化した戦場を目の当たりにして、司令官が顔を歪ませる。

「なんという火力だ……戦車隊はどうなっている!?」

「後衛の歩兵部隊含め、攻撃準備完了しています！」

「よし……護衛艦隊の撤退を急がせろ！」

緊迫する自衛隊員たちの背後、戦況を見守る東伏見が、モニター内のエスギャオスの相貌に細く息を吐く。

「……悪夢の様な存在だな」

炎海となった海洋を我が物顔で突き進むエスギャオスの双眸《そうぼう》が、モニターを射貫《いぬ》く。

まるで目が合ったかの様な錯覚に、東伏見の傍らに立つボコ、ジュンイチ、ブロディが小さく悲鳴をあげた。

「ウソだろ、あれって……ギャオスなのか……!?」

「ガメラが倒したはずなのに……第一、以前よりぜんぜん……」

ブロディとジュンイチの脳裏に、新宿を蹂躙《じゅうりん》したギャオスの記憶が鮮明に蘇《よみがえ》る。

しかし、ガメラと一騎打ちを果たした成熟個体のギャオスと比較しても、エスギャオスの体軀は二倍……いや三倍以上の巨体だ。

全くの別物。かつて出現した怪獣の中でも破格の巨大獣を前に、一同が言葉を失う。

未だ高鳴りを続ける拍動に手を当て、ボコが歯を食いしばる。

ガメラの蘇生に必要な時間は、少なくとも残り二時間半。このまま眼前のエスギャオスの侵攻を許してしまえば、到底間に合わない。

焦燥するボコの鼓動の高鳴りを、戦車大隊が放った初撃の振動が、かき消した。

＊　＊　＊

「ギィイイイィイイィッ!!」

一斉に火を噴く戦車隊の怒濤《どとう》の砲撃が、エスギャオスを爆炎で包み込んだ。

佐々木が、ペリスコープ越しのエスギャオスに鋭い眼差《まなざ》しを向けながら、叫ぶ。

「戦車隊各隊、作戦陣形を守りつつ、機動力を活《い》かせ！　奴を……これ以上ガメラに近づけるな！」

その一声に、戦車隊全車両はキャタピラをフル回転させると、まるで一個体の生物を思わせる美しい連携機動で、海岸線に陣を形成した。

そうして全砲門がエスギャオスに向けられた刹那《せつな》、ようやく晴れた爆煙の奥で、紅の稲光が瞬いた。

瞬間、佐々木車両の前方に位置取っていた江夏が、蛮声を張り上げる。

「来るぞ！　全車両、回避運動!!」

直後血色の光撃が放たれるも、瞬時に交互配置の陣形を取った戦車隊は辛くもそれを回避。砂浜に刻まれた巨大な一文字をキャタピラで踏みつぶすと、即座に反撃の掃射がエスギャオスを覆い尽くした。

再び炎に包まれるエスギャオスを睨みながら、佐々木が檄《げき》の声を飛ばす。

「全車両、回避運動のまま陽動攻撃準備！　気を抜くな！」

鍛え抜かれた鋼鉄の車両群が、佐々木の声をトリガーに魚群の様になって機動を継続する。佐々木の読み通り、炎を隠れ蓑《みの》に再び超音波メスが放たれるも、戦車隊の一部をわずかに焦がすばかりだった。

そうして風に煙幕を暴かれ、怒り狂うエスギャオスの無防備な姿を捉えると、佐々木は咆哮した。

「今だ！　撃てぇッ!!」

その言葉で脳神経が連動したかの様に、エスギャオスから死角となった戦車隊が同時に火砲を叩き込む。

細長くなった首の部分に着弾を許したエスギャオスが、開戦後初めて悲鳴の様な絶叫を轟かせた。

「グギギィイイイイィッッ！」

月夜を背景に、血飛沫《ちしぶき》のシルエットが浮かび上がる。流血。紛れもない、有効打。

まさしく狩人《かりゅうど》となった佐々木の研ぎ澄まされた眼光が、エスギャオスの頭部に生える巨大な耳介の様な器官に注がれる。

「……反応が違う。全車両、攻撃を敵の後頭部、首の付け根に集中させろ！」

機は熟したとばかりに、全砲門から放たれる集中砲火。

狙い澄まされた榴弾《りゅうだん》の連撃が、エスギャオスの耳介器官に甚大なダメージを叩き込む。

その手応えに、江夏がわずかに口角を上げ、拳を握る。

「これなら……！」

明らかな弱点部位への集中砲撃。疑いようのない、有効射撃。

しかし、頭部を爆煙に浸らせながらも、エスギャオスの巨体は一向に傾かない。

「……なに⁉」

そうして首を振り、再び露《あら》わとなったエスギャオスの頭部を見て、江夏は愕然と目を見開いた。

損傷した耳介器官が、赤色に発光し目視でも確認できるほどの超スピードで、再生している。特別誂《あつら》えの遺伝子コードによる『短命』と引き換えにエスギャオスだけに許された禁断の『超回復』。

あまりに無慈悲な光景を前に、戦車大隊の鋼《はがね》の連携力が、わずかに綻《ほころ》んだ。

生物的な直感か、はたまた超魔術的な「何か」か。

戦車隊の一瞬の隙を読み取ったエスギャオスは、回復した耳介を大きく広げ、チャージした赤色光を張り巡らせた。

「……いかん！　全車両、一旦《いったん》散開！　散開しろ‼」

瞬間、パラボラの様になった耳介を媒介にして解き放たれた超音波メスは、戦車隊の眼前を悉く真紅に塗りつぶした。

先程までの絞られた光線状の攻撃ではなく、拡散され衝撃波となったそれが、砂浜もろとも戦車大隊を吹き飛ばす。

佐々木を乗せた車両もブリキ玩具《がんぐ》のように跳ね転がり、激しく岩に衝突すると、動かなくなった。

ペリスコープの向こう、霞《かす》む景色に巨獣の巨翼が妖《あや》しく揺れ動く。

「く……そ……ッ！」

頭部の流血に視界を奪われたのち、佐々木の意識は混濁の底へと沈んでいった。

＊＊＊

無残にも蹂躙された戦車大隊の惨状を前に、司令本部に控えた数名の自衛隊員から、悲壮な声が漏れる。

暫時、瞑目《めいもく》する東伏見に、側近が耳打ちをする。

「ここも危険です。そろそろ退避を」

「しかし……」

残存戦力のほとんどが打ち砕かれた現状、エスギャオスの侵攻を止める手立てはない。司令官が苦虫を噛み潰した様に、呻《うめ》く。

「これ以上、部下を死なせるわけにはいかん。態勢を立て直す意味でも、ここは……」

そうして目を伏せていた東伏見が、重々しく口を開く。

「……わかった。撤退だ」

その言葉に、タザキが悔しそうに唇を噛んだ。あと、もう少しだった。ほんの少しでも時間があれば、ガメラは……。

タザキ同様、落胆に肩を落としていたブロディとジュンイチは、不意に一人足りないことに気がつく。

「あれ……ボコは？」

ジュンイチの言葉に、タザキが途端、焦り顔を浮かべる。

「おい、どういうことだ？　こんな状況で、一体……」

そこまで言って、タザキは気が付いた。この場にいる人間の中で、唯一ボコだけが持っている「個性」。もしそれにボコ自身が気づいているのだとしたら、ボコの行き先は恐らく……。

タザキと同じく、最悪の可能性を思い浮かべて、ジュンイチが言葉を震わせる。

「もしかしてボコは……自分がオトリになろうとしている……？」

瞬間、タザキはコミュニケータを取り出し、GPSシステムを立ち上げた。小さな画面に表示されるボコのコミュニケータを示す光点が、ゆっくりと海に向かって移動していた。

＊　＊　＊

石垣島崎枝半島、御神崎灯台へ続く小道に、足音が木霊《こだま》する。息を切らし駆けていくボコの、額に滲んだ汗が、小さな飛沫となって後方へと流れ去っていく。

立ち並ぶ木々の向こう、見ると、僅かに覗く海岸線にはエスギャオスの攻撃によって撥《は》ね飛ばされた戦車たちが転がっていた。

目線を真正面に戻し、ボコは一層、踏み込む足に力を込める。

蘇生まで、残り二時間。途方もない時間だ。ボコはその時間、ガメラを守りきれるなどと大仰なことは考えていなかった。

不意に、足が動いた。気づけば大地を蹴《け》り、駆け出していた。今まさに上陸しようとする巨獣への恐怖など、いつの間にか消え失せていた。

視界の両端から木々の気配が消え、景色が夜空と海ばかりになった。ボコは焼けきれそうな肺に、さらに空気を送り込むと、大口を開け言い放った。

「……こっちだ！　こっちを向け！」

張り上げたボコの声が、屹立《きつりつ》した丘の上に反響する。

擬装テントに向かって侵攻を続けるエスギャオスとの距離は、500ｍを超える。小柄なボコの声など聞こえるわけがない。しかし、ボコは確信していた。

ピタリ、と砂浜に沈んだ足を止めると、エスギャオスの醜悪な双眸が、宙を泳いだ。そうして、声の方へと向けられる。丘を駆けるボコとエスギャオスの視線が、交差した。

「ギィイイィイイィィッ!!」

瞬時に身を翻したエスギャオスが、飢えた獣の様な前傾姿勢になって、丘を目指す。

ドクン！　と心臓が高鳴ると同時に、ボコは痛む足を知るかとばかりに、さらに前方へ蹴りだした。

風となって駆けるボコの視界に、二つの進路が飛び込む。

左はなだらかな下り傾斜。そちらに行けば、海沿いの道を経由して海岸線に出ることができる。

そうして右は、切り立った丘の先端へと続く道だ。

右へ行けば、時間を稼ぐことができなくなる。当然左だと、ボコがその方へ体を向けた瞬間、踏み込んだはずの地面が弾力を伴って波打った。

ボコの体勢が崩れる。刹那、仰ぎ見た左方の景色に、肉薄する血色の巨獣の姿があった。

早すぎる接近。このまま左へ進んでも、迂回《うかい》など到底間に合わない。

「……ッ！」

転げそうになる体勢を強引に捻《ひね》り、ボコの左足が、地面を蹴る。進路を大きく右に変更し、再びボコは加速した。

＊　＊　＊

「くそっ！　あのバカが！」

タザキが焼き切れそうになる息を無駄にしながら、遥《はる》か遠方、灯台の麓《ふもと》を過ぎようとするボコの背中に悪態を吐く。

予想通り、エスギャオスの注意を惹《ひ》きながら、ボコは丘の端へと駆けていた。

「おい、ボコ！　待てって！」

並んで走るブロディが声を掛けるも、届かない。その僅か後方から、ジュンイチが声を上げる。

「ちょ、ちょっと待ってください。侵攻方向が変わります！」

見ると、ボコを追うエスギャオスの顔が、島内の奥地へと向けられていた。

「まずいぞ、そっちは……！」

エスギャオスの鼻先が指し示す方向に、擬装テントがあることを確認し、タザキは思考を停止させた。

すでにエスギャオスは島内に侵入している。それはつまるところの「ゲームオーバー」と同義であった。

すでに戦力も無く、退けることも叶《かな》わない。いや、退けたところで、もはやエスギャオスがどこに足を向けようが、甚大な被害が出ることには変わりない。

であれば、もう手の打ちようなどないのではないか。

しかし、絶望に染まりかけた視界の奥で、不意に立ち止まったボコの行動に、タザキは目を奪われた。

「こっちだ！　ガメラに近寄るな！」

声は聞こえない。しかし、その小さな体を懸命に跳ねさせ、両手を振るボコが、確かに叫んでいる。

「ギギイィイアアアッッ！」

大音響に大気を震わせ、再びエスギャオスはボコの方向へと進路を変えた。

諦めない。先に道がなかろうと、万策が尽きようと、決して諦めようとしないその姿に、後を追う一同は胸を打たれ……そして、堪らず目を伏せた。

ボコの進む先、もう僅かな距離に、断崖《だんがい》絶壁が迫っている。

＊＊＊

「……くッ！」

丘の先端へとたどり着いたボコは、遥か眼下に広がる漆黒の海原を覗き、息を飲んだ。

その背後、もう僅かな距離にエスギャオスが迫っている。まさしく、絶体絶命だ。

「ギュルォオオオオッ……！」

牙《きば》を剥《む》くその大口から何百リットルにもなる粘質の涎《よだれ》を滴らせ、エスギャオスがボコの姿を正しく認識する。

一吸いで全脳細胞が歓喜をあげるほどに、芳醇《ほうじゅん》な『コード』保持者の香り。それを万が一にも逃すまいと、エスギャオスはジリジリと距離を詰めていく。

「……ぅあッ！」

いよいよ窮地に追い詰められたボコの背後で、ガラッと崖《がけ》の突端が崩れる。

ガメラの復活には、到底間に合わない。それどころか、ここでボコが食われるということは、エスギャオスの戦力を増強させることに他ならない。

すでにいつ喰《く》らい付かれても不思議じゃないほどの距離で、エスギャオスの血走った双眸が明確な殺意を宿して、ギラリと光る。

瞬間、ボコの脳裏を、走馬灯が過《よ》ぎった。

すでに追想は暮れ泥む浜辺で済ませてある。だからか、浮かんだのはたったの一シーンだけだった。

勇気と、怯《おび》えと、そして優しさを宿した友人の姿。

脱出ポッドの小窓に覗く、覚悟を決めたジョーの、最後の姿。

「俺だって……」

走馬灯を切り上げ、ボコは細い喉を唸《うな》らせる。

「俺だって、あいつを……」

怪獣にとって『コード』保持者は生きたまま摂取しなければならない。

それを知ってか知らずか、命を決したボコの足が、崖の突端へと向いた。

「……守れるんだ！」

そうしてボコが、大海原に身を投じようとした、瞬間。
夜明けを錯覚させる程の、大閃光が、石垣の空を白色に染めた。
熱波があたり一帯を凄《すさ》まじい速度で駆け抜け、立ち込めた夜気を吹き飛ばす。
天高く轟く大音響に、ボコは確信する。
そうして、涙で滲む、視界の奥に。

「なんで来んだよ……まだちゃんと傷が治ってないじゃん」

＊＊＊

立ち聳える青漆の巨軀。
獰猛な牙の隙間で、闘気を孕んだうなり声を奏でながら、その「巨獣」は姿を現した。
蒼白の眼光が、爆炎を振り払う邪悪の翼獣の視線と交わり、火花を散らす。
体格差数倍はあろう、宿敵の姿。未だ全快とは言えぬ全身の損傷。
……逆境上等。それを望むところとばかりに、天に向かって大口を開く。
そうして放たれたガメラの大咆哮が、南海の孤島を震わせた。

「ゴガアアオォオオォオッッッ!!!!」

大怪獣ここに在りとばかりに轟く大音響に、海鳴りが歓声の如く沸き立った。

全身に音の散弾を浴びながら、翼をはためかせると、対照的にエスギャオスは夜闇を纏《まと》うかのような、静かな殺意を解き放った。

その遺伝子に刻まれた、数多の記憶が、懇願する。眼前の敵を蹂躙し、骨も残さず焼き屠《ほふ》れと、絶叫する。

因縁……いや、宿命か。ようやく相見《あいまみ》えた宿敵を前に、エスギャオスは、出し惜しみをしなかった。

「ギィイイイガアアァアァッッ!!!!」

砂塵《さじん》を巻き上げ、大地を揺るがさんばかりの咆哮と共に、周囲の大気がエスギャオスの口腔《こうこう》目掛けて収束を始める。その大顎《おおあご》に収まりきらない大出力が、赤色の稲光となってエスギャオスの頭部一帯で凶暴なオーケストラを奏でた。

「ゴガァアアァァアアァアァッ!!!!」

一方のガメラも獰猛に吠えると、辺りの大気を食らいつくさんばかりの勢いでプラズマエネルギーのチャージを始める。青色のスパークが連続し、そうして練り上げられた高濃度のエネルギーが、ガメラの口腔で太陽と見紛《みまが》わんばかりに白熱した。

――――次の瞬間。

同時に放たれた「火焔弾《かえん》」と「超音波メス」の激突が、甚大な衝撃波となって石垣の上空にリング状の渦を生み出した。直後、風圧に周囲の木々が根元から引き抜かれ、雑草の如く瓦礫もろとも宙を舞う。

轟音も鳴り止まぬうちにエスギャオスは瞬時に射出を切り上げると、次弾を装填すべく再びチャージの構えをとる。しかし、開けられた大口に飛び込んだのは、欲する大気ではなく、続けざまに放たれた「三発」の火焔弾であった。

「ギガァッ‼」

エスギャオスの口腔に、灼熱《しゃくねつ》の炎球が続けざまにねじ込まれる。

蒸発する唾液《だえき》が喉元を通り、チャージを始めたエスギャオスの内部器官を瞬時に沸騰させる。

「ゴオオアァッ‼」

直後、木々も河川をも抉りながら、ガメラは巨軀を爆進させ、未曾有の激痛に思考停止するエスギャオスの懐へと飛び込んだ。

間近に立つと、なお浮き彫りになる、その体格差。分厚い血色の皮膚は、ガメラお得意の爪撃《そうげき》をもってしても、致命打にはなり得ない。

ならば、とばかりに、ガメラが五指を握り込む。

胸部に満ちた弾けんばかりのエネルギーが、大動脈にのってガメラの左腕へと蓄積される。そうしてガメラは左腕を振りかぶると、マグマのごとく赤熱した「燼滅手《じんめっしゅ》」をエスギャオスの胴体目掛けて突き刺した。

体表を覆うシールドも分厚い皮膚もまとめて貫く地獄のシェイクハンド。易々と内臓にまで到達する貫手の感触に、エスギャオスが全身を暴れさせる。

「ギ……ギッ……！……アッ!!」

問答無用の「必殺」ラッシュ。レフェリーがいようものなら即K.O.決着必死のガメラの猛攻に、さしものエスギャオスも堪らず巨体をよろけさせ、そうしてダウン……

……しなかった。

「ゴアッ!?」

左腕に奔《はし》った異様な感覚に、慌ててガメラが手を引き抜くと「燼滅手」によって開いた大穴が逆再生映像の如くたちまち塞がった。

瞬間、ゼロ距離でチャージを終えた超音波メスの刃が、ガメラの表皮を横一文字に薙ぎ払う。

「ゴギャアァァアッ!!」

間一髪、背甲で受け流すガメラだったが、受け漏らした光線に腕と胴体を抉られ、苦悶の表情で体勢を崩した。

即座に巨脚に力を込め、ガメラが低姿勢のまま距離を取る。しかし、それを読んでいたとばかりに迫るエスギャオスの大顎が、ガメラの眼前に肉薄した。

耳介器官を全開に広げた、必殺の構え。頭部のそれをパラボラ増幅器にして充塡された赤色の光線が、ガメラの視界を真紅に染める。

渾身《こんしん》の火焔弾と燼滅手が、通用しない。……ならば。

「グルォオオオッ！」

刹那、ガメラの胸部を中心点として放たれた「電撃波」が、球状の光籠《こうろう》となってエスギャオスを飲み込んだ。体内からの爆発発電による超大電力、捨て身の電磁パルス攻撃がジグラ戦同様にエスギャオスを蹂躙する。

「ギィイイイッ!?」

自身のパラボラ増幅器が仇《あだ》となり、射出直前だった超音波メスのエネルギーが耳介器官の中でバースト。エスギャオスの頭部を歪《いびつ》に欠損させる。

そうしてたじろいだエスギャオスから数歩後退しながら、ガメラはすかさず大口を開いた。

生えそろった牙の向こうに輝く、特大の「火焔弾」の光。

決着には申し分ない撃滅の一射の予兆に、エスギャオスは瞬時に思考を取り戻すと、退くどころか大口を開けて居直った。

「グロォオッ……!?」

ギュルルルッ！　と、エスギャオスの長い舌が伸長し、火焔弾を構えたガメラの喉元目掛け射出される。エスギャオスは、そのままガメラの気道の深くに舌を突き刺すと、そのストローの様になった長舌を通して、異様な『物質』を流し込み始めた。

ガメラの体内に、ドクドクと、不穏の因子が注ぎ込まれていく。堪らず舌を抜こうともがくガメラだったが、力が入らない。

次第にガメラは眠そうに瞼を落とすと、あっという間に息も絶え絶えになってしまった。

＊　＊　＊

激戦の最中、地響きによって意識を取り戻した佐々木の目が、窮地の巨獣の姿に気が付いた。

保護対象だというのに前線に出張って、あろうことか敵対勢力と死に物狂いの交戦を繰り広げている。ガメラの、未だ全身に残る傷痕《きずあと》が物語る。もう、戦えるような身体ではない。

「お前は……」

月明かりに照らされたその姿に、佐々木は涙ぐんだ。あの洞窟《どうくつ》で死ぬはずだった少年は、血みどろになって戦い続ける目前の巨獣によって守られたのだ。

……途端、全身に、込み上げる。

この命が何故ここまで運ばれ、何のために使われるべきか。


答えを出す瞬間が、今日、この時なのだ。


「……佐々木大隊長！　ご無事ですか！」

「……江夏三佐」

インカムからの声に佐々木が返すと、江夏が安堵《あんど》したように息を震わせた。

そうして瞬時、声に張りを取り戻すと、告げる。

「……先ほど、撤退命令が出ました。負傷者含め、生存者の救出、避難も順次進行中です。大隊長もすぐに……」

その言葉を待たずして、キャタピラ音が唸りを上げた。

佐々木を乗せた戦車が、わずかに埋もれた砂浜から車体を飛び出させると、そのまま猛スピードで海岸線を駆け抜けていく。

後方、それを眺めていた江夏は、悲鳴のような声を上げた。

「だ、大隊長!? な、なにをされているんです、撤退です! 撤退命令です!」

江夏の制止の呼び声にも応じず、駆ける鋼鉄の車両は速度を落とさない。

眼前、不気味な攻撃を敢行し続けるエスギャオスに砲塔を向けながら、佐々木は静かに切り出した。

「……今、撤退はできない。やらねばならないことがあるからだ」

佐々木の脳裏に、かつて少年だった頃の記憶が駆け巡る。

力のなかった佐々木は、級友を救うことができなかった。

「誰もが、誰かを守りたいと、心の奥底で願っている」

それからの人生はガムシャラだった。ただひたすらに自らを鍛え、そしてこの場所にたどり着いた。

「力なき者の願いは受け継がれ、そうして確かな力となって、紡がれていく」

眼前、血色の巨獣の姿が、肉薄する。

「それが我々人類の、そしてあらゆる生きとし生けるものの矜持《きょうじ》だ」

全身全霊を張り巡らせ、佐々木は蛮声を張り上げた。

「その前線に立つ我々が、逃げることなど……できるものか!!」

佐々木の手元の台上、カメの折り紙が振動で倒れる。

それと同時に、砲塔から渾身の一射が放たれた。

「ギィイィッ……？」

後頭部に着弾を許したエスギャオスの表情が、わずかに歪む。

しかし、到底巨体を沈ませることなど叶わない、微々たる火力だ。

続けて一射、もう一射と、撃ち込まれる。精密に狙いすまされた砲撃が、僅かに、しかし確実に巨獣の力を損耗させていく。

未だ、ガメラに刺された長舌は外れない。それは裏を返せば、ガメラ以外に攻撃の手を向けることはできないということだ。

「怯《ひる》むな!!　撃て、撃てェッ！」

身を捩るエスギャオスの頭部で、続けざまに爆炎が上がる。

届かない。しかし、止まらない。単騎の放つ僅かな火力が、退いてなるものかと連続する。

「……佐々木大隊長！　残弾数わずかです！」

途端、江夏の声が、佐々木の耳に飛び込んだ。

佐々木の背中を押すような、その一射に希望を見出《みいだ》すような言葉に、佐々木の表情が俄然《がぜん》引きしまる。

「何とか、口を開けさせるんだ！　そうすれば……！」

しかし、佐々木の一念も虚しく、単騎の火力ではあと一歩が届かない。

再生を繰り返すエスギャオスに対して、残弾数は減っていくばかり。

もはやこれまでか、と遠方から眺める江夏が顔を伏せようとしたその時、上空に、風を切るような音が飛来した。

「ギィイイィィイイィッ！」

瞬間、エスギャオスの体表に、幾撃もの砲弾が着弾した。瞬時に炎に包まれるエスギャオスが、苦悶の咆哮を炸裂させる。

佐々木が見上げると、西の空に旋回しながら猛射撃を敢行する、飛行編隊の銀翼が煌《きら》めいた。

＊　＊　＊

「……攻撃続行、地上部隊の援護を続けろ」

ＡＣ－130ガンシップの機内で、指揮を執るレイモンドの瞳が、血色の巨獣を睨みつける。

隣に同乗する参謀役が、攻撃の動向を見つめながら密やかに口を開いた。

「……ついに覚悟されましたね」

「あそこまで言われたらな……」

苦笑いを浮かべるレイモンドが、数刻前の出来事を思い浮かべる。

それはちょうど、落ちたティースプーンを拾おうと、レイモンドが腰を上げた時のことだった。

＊　＊　＊

米軍福生基地・応接室に、ボコの母、藍子の声が響き渡った。

「お子さんを助けるのと、軍法会議のどっちが大事なんですか!?」

突然の大声に、対面に座るレイモンドの目が、大きく見開かれる。

「そ、それは比較のしようが……」

堪らず目を逸らすレイモンドだったが、藍子は逃がさないとばかりに上体をずらすと、レイモンドの目を見据えて言い放つ。

「私が証言台に立ちます！……何なら、私が貴方《あなた》の代わりに死刑になってもいいです！」

「な、何を言って!?」

レイモンドが驚き、言葉を失う。そこに、平時の毅然とした男の姿はなかった。

そうしてレイモンドは藍子の瞳に、燃えたぎる炎の鱗片《りんぺん》を見つける。それはレイモンド自身の心にも確かに燃える……しかし、見て見ぬ振りをしていた、我が子を思う熱情だ。

「勝手な言いぶんだとは分かってます。でも、それでも私は……」

レイモンドは、もう目を背けない。真っ向から、藍子のその言葉を、受け止めた。

「あの子を守りたいんです」

＊　＊　＊

「母は強しですね。圧倒されましたか？」

続けざまに叩き込まれる絨毯《じゅうたん》爆撃の上空、参謀役が軽口を叩くと、レイモンドは悟ったように鼻を鳴らした。

「男も女も関係ない。気付かされただけだ。命の懸け時をな……」

そういってレイモンドがガンシップの下方に目を向けると、そこには砂浜を駆ける、一台の戦車の姿があった。

「見ろ……あの戦車も命懸けだぞ……」

たった一騎で持ち堪《こた》えていたところを見ると、よほど、退けぬ理由があるらしい。

所属は違えど思想の通ずる戦友の姿に当てられ、レイモンドの瞳に緑色の眼光が宿る。

そうしてインカムの送信スイッチを入れると、レイモンドの声が薄雲を縫って響き渡った。

「全火力集中！　撃ちまくれ！……すべての責任は私がとる！」

＊＊＊

まさしく、僥倖《ぎょうこう》であった。

ＡＣ－130編隊による怒濤の絨毯爆撃によって、眼前のエスギャオスはあからさまに消耗している。超回復が相変わらず厄介だが、そのスピードも僅かに落ち始めたようだ。

「……来る」

声と同時に、佐々木の駆る戦車が唸りを上げ、砂浜を猛スピードで走り出した。

目標地点はエスギャオスの右斜め前方。身をよじらせたエスギャオスの首が反動でうねり、ちょうど動きを止めた戦車の射線に、遂にその大口を晒《さら》した。

「今だ！　叩き込めぇえええ！」

砲塔が震え、渾身の一発が放たれる。

名実ともに最後の一撃となったその榴弾はエスギャオスの口に炸裂し、ガメラの喉を長舌から解き放った。

「ギィイイイッ！　ギィイイイッ！」

大きく怯んだエスギャオスが、怒り心頭の様子で絶叫を繰り返す。ガメラの拘束が解かれたということは、同時にエスギャオスをも自由の身にしたということだ。

エスギャオスはキッと、佐々木の戦車を睨むと、怒り任せに超音波メスのチャージを始めた。

「さ、佐々木大隊長！　回避行動を！」

耳元で響く江夏の警告を聞きながら、佐々木は呆然《ぼうぜん》と上方を見つめていた。

その視線は、殺気を垂れ流すエスギャオスにではなく、更に上。エスギャオスの頭上へと向けられていた。

そうして不意に、エスギャオスは気が付いた。眼下に、自らの巨軀を象《かたど》った、大きな影ができている。

未だ陽も昇っていないというのに、途轍《とてつ》もない光量を放つ「なにか」が頭上に出現している。即座に超音波メスの発射を取りやめ、エスギャオスは頭上を見上げると、啞然《あぜん》と口を開いた。

「グォオオアァアアッ！」

ガメラの四脚は格納され、噴射されたプラズマジェットの超絶な出力が、ガメラの巨体を宙に浮かせている。

特筆すべきは、その回転軸。ギロン戦の時に放った『火焔旋撃』は一方向のみへの回転であったが、更にもう一つ捻り込みの回転が加わることによって、その姿は蒼白の熱球と化していた。

「ギ……ギィッ……！」

暴れ狂う光を纏い、夜空に煌々《こうこう》と鎮座するガメラの『火焔烈球』を目の当たりにし、エスギャオスが呻き声を漏らす。

瞬く間に高度を落とす火焔烈球が、エスギャオスの眼前へと迫っていた。為す術《すべ》なく連射する超音波メスは、烈球の表面で悉く霧散。

その勢いは、微塵《みじん》も止まらない。

「グギャッ……！」

……着弾。

重々しい衝撃音と共にエスギャオスの体は押しつぶされ、細長い首が地面に横たわる。しかし、地に組み伏せてなお、烈球の進撃は止まらない。

エスギャオスが足掻《あが》こうと爪を立てるも、触れた側から吹き飛んでいく。ガメラの背甲に屹立する刃の群れが、超回復を物ともせず、無限の連撃となってエスギャオスの全てを削り取っていく。

「ギィイイアアアァァアアアァァアァアッッッ‼‼」

爪も、牙も、超音波メスも、なんの一つも通用しない。超回復によって死に切れず、ひたすらに長い断末魔を上げ続けるエスギャオスの視界が、光に埋め尽くされ、そして。

「ゴガアアアアアアアアアッッッ‼」

烈球が地面に到達すると同時に、ついにエスギャオスの断末魔が止むと、その全身は灰となって砕け散った。

瞬間、烈球が爆音と共に弾け、青白い光を四散させながら、青漆の巨獣が顕現した。

禍根ひとつ残さず、因縁をも断ち切った末の、完全勝利。曙《あけぼの》に勝者の勝鬨《かちどき》が響き渡ると、空で、陸で、共に戦った者たちからも、歓喜の雄叫《おたけ》びが上がった。

＊　＊　＊

御神崎灯台の麓、合流したタザキたちと共に激戦の行く末を見守っていたボコは、ガメラの勝利に声色を湿らせた。

治療を中断されたその巨軀には未だ生傷が痛々しく残り、ガメラは立っているのもやっとの様子だ。ボコは感動もそこそこに、首をプルプルと振ると、タザキに駆け寄った。

「す、すぐに治療を再開してもらおう！」

「動いているあいつをどう輸送するつもりだ、だいたい……」

そこまで言って、タザキは言葉を続けられなかった。

ボコに言い放とうとしていた言葉が頭から消え去り、眼前の異様な光景に思考が支配される。

僅かに残るエスギャオスの残骸の上、微動だにせず立ち尽くしているガメラは、僅かに痙攣《けいれん》を始めていた。

タザキの視線に気づいたボコはガメラに目を向けると、同じようにその奇妙な変調に言葉を失った。

「……グォ、ゴォッ……ガッ、オォッ！」

苦しげに鳴き声を漏らすガメラの体表が、まるで内部を何かが這いずっているかの様に、ボコボコと蠢いている。

「オォ……ッガアァ！」

そうしてガメラがひときわ大きな呻き声を上げた直後、その体表が変色を始めた。艶のある青漆がみるみるうちに艶のない、暗黒色へと塗り変わっていく。

「が、ガメ……ラ？」

恐る恐るボコがその名を呼ぶ頃には、そこにガメラはいなかった。

直前まで「ガメラだった」巨獣はその真っ赤な瞳孔《どうこう》を小さく絞ると、獰猛な唸り声をあげ、ボコに向けて一歩踏み出した。

＊＊＊

「計画」の最終局面を目前に、四人の評議員たちが緊迫した面持ちでモニターを見つめている。低軌道ステーションが地球上空400㎞で探知したガメラの生体パルスの変化は、その1.3秒後には月の表側、コペルニクスクレーター近傍にある国連開発基地のパラボラアンテナに到達。その0.8秒後には極秘裏にバイパスされた通信が、ここコンプトンクレーターにある選抜者のシェルターへと届くのだ。

顎に手を当てながら、ウィンストンが静かに言う。

「エスギャオスからガメラに注入した二種類のRNAウイルス……どうやら上手《うま》く機能した様ですね」

プルデンシオは「えぇ」と相槌《あいづち》を打つと、両眼を細くして言った。

「ウィルスが伝達する特別な遺伝子コードによって……ガメラはかつての状態を思い出す。これでようやく……ガメラが我々の許《もと》に帰ってくるというわけです」

遠くの故郷を愛《いと》おしそうに眺めながら、ノーラが朗らかに続けた。

「十万年……裏切りによって果たされなかった我々の悲願が、ようやく……！」

＊　＊　＊

赤眼の巨獣が獰猛に、殺意も露わに、迫る。

まるで、無力な餌を見つけた獣の様に。

まるでSFの世界の「怪獣」が当然にそうする様に。

豹変したガメラの足が、一歩、また一歩と、ボコが立つ丘へと近づいていく。

「ガメラ！　どうしたんだよ！　ガメラ！」

堪らず駆け寄ろうとするボコの腕を握り、タザキが叫ぶ。

「待て！　やめろ！」

見上げるタザキにも、容易に理解できた。眼下の虫けらを睥睨《へいげい》する様な、殺意を帯びたその眼光。

「アレは、もう……ガメラじゃない」

完全に正気を失ったその瞳には、もうボコの姿は映っていない。ただ転がる餌を欲する様にして、ガメラは猛獣の如くうなり声をあげ続ける。

「グォオオオオ……ッ！」

タザキは握った手に力を込めると、動こうとしないボコを強引に引っ張った。

「……逃げるぞ」

「……嫌だ」

タザキの手を振り払い、ボコは首を横に振った。

「なにを言ってる⁉　このままじゃ死ぬぞ⁉」

タザキが言うと、ボコは覚悟を決めた表情でタザキの目を見つめ返した。

「……俺はガメラを信じる」

その目には、もう涙は滲まない。そうしてボコは踵を返すと、ガメラの方へと歩き出す。

タザキすら、もう何も言わない。ジュンイチもブロディも、ただ祈る様にして、見守るほかなかった。

……ほんの、短い期間だった。一夏の、本当に少しだけの期間。その中でボコは、その巨獣に幾度となく助けられた。

空を裂く怪鳥を焼き払い、地の底から現れた魔獣を退け、深海からの刺客も、悉くを斬りふせる凶刃も……その全てから、ボコたちを守ってくれた。

共にいた時間じゃない。言葉も交わさない、怪獣との奇妙な縁に、ボコはすっかり変えられてしまった。

「こっちだ、ガメラ。……俺を見て」

「グルォオッ……！」

凶暴な赤眼をボコに向け、威嚇する様に唸る巨獣に、ボコは言葉を投げ続ける。

「お前はお前だ！　変わったりなんかしない！……他の怪獣とは違うんだ‼」

「グォオオオッ！」

その言葉を全く意にも介さない様子で、今にもボコに食らいつこうと、大口が開かれる。

しかし、ボコは少しも動じない。友人に向けるような優しい眼差しで、その名を呼ぶ。

「……そうだろ、ガメラ」

――――瞬間、僅かに。

ガメラの唸る様な呼吸が、ペースを乱した。そうして一歩、また一歩、たじろぐ様に後退していく。

次第に、まるで内なる何かと戦っているかの様に首を振ると、ガメラは苦悶の鳴き声を漏らし地団駄を踏み始めた。

「グゥ……グォッ……オォ……‼」

「ガメラ……ッ！　そうだ、頑張れ、ガメラ‼」

ガメラの葛藤《かっとう》か、自然とボコの頭に流れ込んできた。内なるどす黒い遺伝子に、飲み込まれてたまるかと、ガメラが必死の形相で懊悩《おうのう》を続ける。

「ゴアッァアッァアァァァアッ‼」

そうして蹲《うずくま》ったまま地に向けて咆哮をあげると、赤色だったガメラの両眼が、再び元の青緑色を取り戻した。

「ガメラ……ッ！」

ガメラの復調に、安堵の表情で駆け寄ろうとしたボコの顔が、再び硬直する。

暗黒色となった体表の変化が、戻らない。

青緑に戻ったその瞳にはいつもの勇猛さはなく、まるで悲しみに暮れているかの様にも思えた。

そうしてその瞳孔が僅かに動くと、ボコの頭に一つの「意思」が流れ込んできた。

……それは、決断。

忌まわしき因縁の鎖を断ち切るための、決断。

もう元に戻らないと理解した、自分の命に対しての決断。

一夏を共にした……友に、別れを告げるための決断。


「……ダメだよ、ガメラ。やめてぇ！」


瞬間ガメラの黒く変色した体に、プラズマ毛細管の光が迸《ほとばし》る。

ガメラの命を司《つかさど》る体内のオリリウムが暴走を始め、白熱するスパークがかつてないほどに瞬き、万雷の如き大音響を奏で始めた。

猛烈な空間電位で、ガメラの周囲の瓦礫が、光を纏って滞空する。それは、バイラスの放った『雷《いかずち》』と同質の、確殺の一射の予備動作。

ガメラは、ゆっくりと天を仰ぎ見ると、煌々と輝く月を、射程に捉えた。

次第に全身が稲妻で覆い尽くされると、ガメラは最期、まるで友人に別れを告げるかのように、ボコを見つめた。

「グゥォォ」

――直後、ボコの視界は蒼白に染まり、ガメラの口腔から天高く、光の柱が突き上がった。

＊＊＊

「……高エネルギー反応？」

モニターに表示されたアラートに、プルデンシオがキョトンとして首をかしげる。

ウィンストンは僅かに微笑むと、言う。

「なるほど、コードを捕食したガメラの増殖が始まったというわけですな」

その言葉に、感極まったアンセルムが、眦《まなじり》に涙を溜めた。

「あぁ、浄化の時が、ついに……」

そうして、ノーラが手にしたワイングラスを掲げると、その他の評議員も同様にグラスを目元へと掲げた。

「それでは、地球に……」


——白熱。


後年『Moon Buster』と呼称される荷電重粒子砲の閃光が、月を貫いた。

ガメラを制御する試みが、居場所を知らせる事と同義だと、最期まで気づけなかった彼らの口に、残念ながら、掲げられたワインが運ばれることは、終《つい》ぞなかった。

＊　＊　＊

衝撃波が収まり、音が止み、そうして光が消え失せると、そこには動かなくなった巨獣の亡骸《なきがら》だけが立ち尽くしていた。天高く大口を開けたまま、微動だにしなかったそれが、表面からパラパラと崩れ落ち、潮風に舞って消えていく。

まるで、初めからそんな「怪獣」などいなかったかの様に、巨獣の姿は跡形もなく消え去った。

暫くして、巨獣のいたその場所を訪れた少年たちは何かを拾い上げると、それを大事そうに抱えていった。

そうして誰もいなくなった海岸線に、一陣の風が吹き抜ける。

＊＊＊

十月に入ったというのに、まだ風は真夏のようだった。

テレビではアナウンサーが「異常気象だ」と連呼していて、母さんは「季節物のキャンペーン広告が無くなって困るのよね」とか、愚痴っていた。

でも、Tシャツのままで過ごせるのは楽でいい。

神社へ向かう川沿いの坂道を、自転車で息も荒く上りながら、ボコはそんなことを思った。

転ぶ事を怖く無いと思ったら、転ばなくなった。

石垣島から帰って以来、とにかく自転車を練習した。膝も肘《ひじ》も瘡蓋《かさぶた》だらけになったけど、一週間もすれば乗れるようになっていた。

神社の裏手に無造作に自転車を立てかけながら、空を見上げる。

「乗れるようになったぜ」と、話しかける。

何で空なのか。別に天国という意味ではない。

死んだなんて未だに信じていないし、死体だって見ていない。

だから、どこかにいる、と思うようにしていた。

最後にその姿を見たのは、嘘みたいだけど、宇宙空間だ。

だから見上げる。それだけだった。

＊　＊　＊

一層干上がった沼のほとりに、隠れ家から運び出した荷物が山積みになっている。

その上に無造作に置かれたトランジスタラジオからは、音楽が流れていた。

あの狭い空間によくもまあこれだけ押し込んだなと、ボコが感心しながらがらくたの山を眺めていると、流れる音は、日曜午前の爽《さわ》やかな選曲からニュースへと切り替わった。

「お昼のニュースです。日本各地に出現した怪獣も、先月末以降は確認されておらず、政府内の巨大生物対策委員会は、警戒レベルの引き下げを決定しました。被災地の復旧作業も進んでおり、各地の住民も落ち着きを取り戻しつつあります……」

「怪獣」という言葉を淡々と読み上げるアナウンサーの声を聞いて、ボコの脳裏に、この不可思議な夏の断片が、次々と回想される。

そういえば、沼で助けたあの石亀。あいつはあの後、どうなったんだろう。

「おい、なにやってんだよ。おっせーぞ！」

「そうですよ。はやく片づけを進めましょう！」

ぼーっと意識を手放していたボコを、そんな声が呼び覚ます。

振り返ると『月刊ムー』のバックナンバーの束を、汗だくになりながら運び出しているブロディとジュンイチの姿があった。

「……悪ぃ」

ボコも洞の中へと飛び込むと、愛すべきがらくたを運び出し始めた。

＊＊＊

空き家となった隠れ家の前でボコ、ジュンイチ、ブロディは佇んでいた。

「なんかもったいねえな。いい感じの隠れ家なのによ」

洞中には、土に敷き詰めた床板、椅子代わりにしたタイヤ、そしてちゃぶ台を残しておいた。

いつかまた来る時の為に。そんな日が来るのかは、知らないけど。

ブロディは今日初めてここを訪れて、秘密基地としての完成度の高さに驚いていた。

「四年生の夏に作り始めましたからね……思い出が詰まってます」

ボコもジュンイチも、ガメラと出会ったあの日以来、ここには来ていなかった。

隠れ家に来れば、否《いや》が応にもジョーが居ない事が辛《つら》くなる。

それでも来たのはボコが隠れ家を片付けようと、言い出したからだった。

「べつに……来ようと思えばいつでも来れるさ」

ボコが言うと、ほとんど同時にブロディが慌てた様子で声をあげる。

「やばっ、もう三時半だ！」


「そうですね。急ぎましょう」

足早に立ち去ろうとするブロディとジュンイチ。

最後に残ったボコは、ジョーのいないその空間をジッと見つめ続けた。

そうして、思い出す。どうして、あんなに無線機が欲しかったのか。


いつだって話せるからだ。

いつだって繋がっていられるからだ。


でも、もうそんな物が無くても、通じ合える気がしていた。

会いたいなら、会いに行けばいい。幸い今は、自転車もある。

ボコはズボンのポケットからコミュニケータを取り出し、ちゃぶ台の上に置くと「早く来いよ」と呼ぶ声のほうに走っていった。

＊＊＊

福生基地。国連の管理下に置かれたユースタス財団研究棟の屋上に立つスーツ姿の男は、目前のヘリコプターを繁々と感慨深く見つめて、呟いた。

「……やっと乗れる」

この夏の異常な事件の後、この瞬間に至るまで、本当に忙しかった。

国連、米国政府、米軍、日本政府、警察……どれだけの人間と折衝し、どれほど膨大な時間を費やし説明したか。

自分の証言記録だけで、何千ページになるか想像もつかないほどだ。

やっと解放され、残念な監視付きではあるが、ようやくウェストヴィレッジの自宅に帰る事ができる。

ただ、此度《こたび》の事件の重大性は、極めて大きい。国家レベルでの調査はまだまだ何年も続くだろう。

そこまで考えて、不意に背筋が凍った。本当に、よく生き残ったものだ。

東伏見官房長官への人脈が無かったら、瀕死のガメラが横たわる砂浜から逃げ去っていたら、関与を疑われて逮捕されていたかも知れなかった。

あの生意気なメガネの意見に乗っておいて本当に良かった。

そして自身の危機管理能力と生存本能の高さにフッと笑みが溢れ、自信が漲《みなぎ》る。

……よし、乗ろう。

こんな馬鹿げた状況からついにおさらばだ、とヘリのドアを開けると。

「おっさーん！　タザキのおっさぁーん……ってば！」

「タザキさーん」

「ちょっと～聞こえてんの～？」

……まあいい。

これで最後だ。

ドアに手をかけたまま、タザキは背後から走り寄る三人へと振り向いた。

「一応、見送りにきた」

「誰も来なかったら可哀想だと思いまして」

ヘリのローター音が響く中、大声になるボコとジュンイチの顔を見ながら、仲間気取りの珍妙な連中に向かって、タザキは吐き捨てる。

「ナメた口を利くな。誰が警察や政府への説明をしてやったと思っている」

「元はと言えばおっさんのせいだろ？」

ブロディの言葉に、タザキはこの二ヶ月の間、何百回となく繰り返したフレーズを伝えた。

「私も被害者だ」

もちろん野心があったから中枢に潜り込んだ。それは事実だが、その中枢があれほどの異常な有様だとは、想定外だった。

実際、ユースタス財団の一般職員の多くは事件とは全くの無関係で、真相については何も知らなかったらしい。

財団全体が、想像を絶する力を持った秘密結社の隠れ蓑だったわけだ。

「財団ですが、本当に国連の査察を受けたんですか？」

ジュンイチが、真剣な眼差しでタザキに問う。

「一応のカタはついたが、大人の世界には色々ある。お前らだって今まで通りではなくなっただろ？」

そう言いながら、タザキは屋上ゲートのほうを見やった。その視線につられて子供達が振り返ると、目立たない風貌のスーツ姿の男が二人、こちらを窺《うかが》っていた。

「なんだ、また監視かよ」

「でもまあ、もう慣れたよ」

「リアルな諜報《ちょうほう》部員って地味でガッカリです」

呆気《あっけ》にとられるタザキだったが、子供達に気取られぬように、その表情を僅かに柔らかくした。

この夏の出来事は、自分にとっても人生を一変させるほどの「大事件」だった。

ましてや目前の子供達は、この幼さでそれを乗り越えたのだ。

……そりゃあ、タフになるわけだ。つくづく感心する。

もっとも、このままこいつらとボーイスカウトを続けるほどヒマではない。

「なんにせよ、もう私とは関係のないことだ。では失礼する」

＊＊＊

昼間の蒸し暑い空気は、いつしか秋を感じさせるひんやりとした風に変わっていた。
夕日の反射で輝くヘリのローターを遠くに見送りながら、ボコは痛感する。

いつか、必ず夏休みは終わる。
そんなの、分かり切っていたことなのに。
気づかないふりをして、いつも『またな』って言っていた。
明日も、その次の日も、ずっと皆であの隠れ家で遊ぶんだって。
でも、ジョーはきっと知っていたんだ。こんな日が来るって。

＊＊＊

復旧作業の完了した米軍福生基地・研究棟の静謐《せいひつ》な廊下を、パタパタと音を立てて歩く。目当ての部屋の前でセキュリティに呼び止められると、ポケットから出したIDを自慢げに見せつけ、少年たちは分析室の中へと足を踏み入れた。

室内に立ち入ると、少年たちの視線が厳重なガラスケースに注がれる。

ケース内で小さな卵が割れている。

その傍で、少年たちの手の平にも載ってしまうくらいの小さな怪獣が、首をもたげて佇んでいた。

「おお、すげぇ。小《ち》っちゃいのに強そうじゃん」

「昨日よりも大きくなってますよ」

ボコは額をガラスに押し付けながら、目前の小さな勇者を見つめた。

ジョーも、ガメラも、俺たちを守ってくれた。

……だから、今度は俺たちがコイツを守らなくちゃ。

「でっかくなれよ……大怪獣ガメラ」

「クアァァァッ！」

『ガメラ』と呼ばれた小さな亀の怪獣は、子供達に向かって口を開けると、勇ましく雄叫びをあげて見せた。

終章

もう、誰もいなくなったその場所に、過ぎ去った夏の残骸《ざんがい》が転がっていた。

隠れ家の中は、周囲の雑草が日差しを遮っていて、薄暗い。

ちゃぶ台の上にポツンと置かれたコミュニケータには、すっかり埃《ほこり》が積もっている。

「ミッション・コントロール。……ボコ？　聞こえるか!?　ボコ！」

不意に、声が、名前を呼ぶ。

「おい！　ボコ！……俺だ！　聞こえるか!?」

繰り返し、繰り返し、かけがえの無いともだちの名前を呼ぶ。

きっと彼は、確かめたかった。

親友が、生きているのか、どうか。

脱出ポッドは火に包まれていたが、きっと地上までたどり着けたはずだ。

母や弟を守れなかった自分は、今度こそ大事な存在を守れたのだろうか。

返事が聞きたい。声が聞きたい。自分がいると、気づいて欲しい。

気づいてくれたら、きっと帰れる。だから諦《あきら》めずに呼び続けよう。

帰ったら、またあの隠れ家で、日が暮れるまで遊ぶんだ。

応答はない。

いつまでもいつまでも。

その声に、返す言葉は、聞こえない。

本書は書き下ろしです。

イラスト／田村篤、髙濵幹
口絵デザイン／原田郁麻

小説《しようせつ》 GAMERA《ガメラ》 -Rebirth《リバース》-（下）

瀬下寛之《せしたひろゆき》　じん

令和6年 5月25日　初版発行

発行者●山下直久

発行●株式会社KADOKAWA
〒102-8177　東京都千代田区富士見2-13-3
電話　0570-002-301（ナビダイヤル）

角川文庫 24162

印刷所●株式会社暁印刷
製本所●本間製本株式会社

表紙画●和田三造

ISBN 978-4-04-113996-7　C0193

◇◇◇

角川文庫発刊に際して

角　川　源　義

第二次世界大戦の敗北は、軍事力の敗北であった以上に、私たちの若い文化力の敗退であった。私たちの文化が戦争に対して如何に無力であり、単なるあだ花に過ぎなかったかを、私たちは身を以て体験し痛感した。西洋近代文化の摂取にとって、明治以後八十年の歳月は決して短かすぎたとは言えない。にもかかわらず、近代文化の伝統を確立し、自由な批判と柔軟な良識に富む文化層として自らを形成することに私たちは失敗して来た。そしてこれは、各層への文化の普及滲透を任務とする出版人の責任でもあった。

一九四五年以来、私たちは再び振出しに戻り、第一歩から踏み出すことを余儀なくされた。これは大きな不幸ではあるが、反面、これまでの混沌・未熟・歪曲の中にあった我が国の文化に秩序と確たる基礎を齎らすためには絶好の機会でもある。角川書店は、このような祖国の文化的危機にあたり、微力をも顧みず再建の礎石たるべき抱負と決意とをもって出発したが、ここに創立以来の念願を果すべく角川文庫を発刊する。これまで刊行されたあらゆる全集叢書文庫類の長所と短所とを検討し、古今東西の不朽の典籍を、良心的編集のもとに、廉価に、そして書架にふさわしい美本として、多くのひとびとに提供しようとする。しかし私たちは徒らに百科全書的な知識のジレッタントを作ることを目的とせず、あくまで祖国の文化に秩序と再建への道を示し、この文庫を角川書店の栄ある事業として、今後永久に継続発展せしめ、学芸と教養との殿堂として大成せんことを期したい。多くの読書子の愛情ある忠言と支持とによって、この希望と抱負とを完遂せしめられんことを願う。

一九四九年五月三日